ドラゴン
怒羅権と私
創設期メンバーの怒りと悲しみの半生
ワンナン
汪楠
彩図社

はじめに

私は怒羅権（ドラゴン）の創設期からのメンバーです。

怒羅権は1980年代の後半に、中国残留孤児の2世や3世によって東京都江戸川区の葛西で結成されました。暴走族時代はその凶暴性から包丁軍団などと呼ばれ、やがて犯罪集団へと変質していきました。現在でも半グレの代表的な存在として裏社会で大きな影響力を持っています。

私自身、ヤクザの腕を切り落としたり、窃盗グループを率いて数億円を荒稼ぎしたりと多くの犯罪に手を染めてきました。そして28歳で逮捕され、13年間刑務所に服役することになります。

出所した今、なぜこの本を書こうとしたのかというと、自分たちがどのような思いで怒羅権をつくったのかを書き残したいという願望があるためです。

犯罪集団へと変質していった怒羅権ですが、結成当初はこのような組織を目指していたわけではありません。日本社会で孤立していた中国残留孤児の子孫たちが生き残るため、自然発生的に生まれた助け合いのための集まりでした。創設に関わった古参メンバーの中には現在の怒羅権の状況を残念に思い、解散させたいという声も存在します。

この本によって自分たちのしてきたことを正当化するつもりはありません。自分たちが何者であったのか、なぜ怒羅権という怪物が生まれたのか、そして犯罪者として生きてきた私が服役を終えた今、日本社会をどう捉えているのか。自分自身の半生を振り返ることで、それを記していきたいのです。

写真：藤中一平
構成：神里純平
執筆協力：小神野真弘
編集：草下シンヤ

怒羅権と私　目次

第2章　怒羅権誕生

第3章　荒れ狂う怒羅権

第1章　医者の子から犯罪者の子に

インテリ一族に生まれて

日本と中国が国交正常化した１９７２年、私はその年の4月14日に生まれました。

場所は中国の東北部、吉林省（きつりんしょう）の省都である長春市（ちょうしゅんし）というところです。日中戦争の間は満州国の首都で、当時は新京（しんきょう）と呼ばれていました。

西に約１５０キロ行くと内モンゴル自治区となり、草原地帯なので人口密度も極端に低下して、１平方キロメートル当たり１人と記憶しています。南へ約２５０キロ行くと朝鮮民主主義人民共和国との国境でもある鴨緑江（おうりょくこう）にあたり、北へ約２５０キロでハルビンという街になります。

経度で言うと日本ならちょうど北海道の旭川市あたりになると思います。そのことからも推測できるように、とにかく寒い所で、気温はマイナス20度近くになることもままありました。

私の家族についての記憶を遡ります。

私の一族はいわゆるエリート家系でした。

　祖父は満州国時代に大学を卒業して、満州鉄道で警察官を務めていたようです。その後、中華人民共和国建国後には役人となりました。私が子どもの時には、彼は市政府の不動産部門で幹部を務めていて、国有住宅の分配を担当する部署を統括していました。良い部屋を分配してもらおうと希望する市民は祖父の自宅まで押しかけて、いろいろな贈り物を置いていったのを覚えています。

　祖母はふくよかな体型で、祖父と同じ大学に通っていました。そのときに祖父と恋愛結婚したのを誇っていました。祖母が若い頃はまだ纏足（てんそく）をする女性が多くいたというから、女性が大学を卒業するのも、恋愛結婚もめずらしかったようです。

　ちなみに祖父の父は大地主で、今でも一族の姓を地名とする県が存在します（中国の県は日本の郡にあたると思います）。そんな大地主の息子だった祖父が共産主義を信奉するきっかけになったのは祖母でした。

　成績優秀だった彼女は共産党の活動に積極的に参加しており、祖父をたぶらかし、洗脳しました。祖母の強い働きかけで祖父が先祖から相続した土地をすべて小作農たちに分け与えたというのが祖父母の自慢でした。

　この祖父母は８人の子宝に恵まれました。

長男は心臓を専門とする医者でしたが、出張先で心臓疾患のため亡くなっています。次に生まれたのが次男である私の父です。外科医で、手術が得意でした。

三男は英語教師で英国留学をしてから金融学の教授として大学に勤めて50代で亡くなっています。四男は外科医で院長を務めており、製薬メーカー勤務の配偶者がいます。五男は若くして死んでいます。

長女の結婚相手はのちに市長を務めた政治家でした。その息子は看護師学校の校長を経て、現在は来日して整骨院を経営しています。娘も大卒で役人になっています。

次女は建築設計士で、祖父と同じく市政府の不動産部門に勤めていました。その配偶者は自動車メーカーである第一汽車製造廠に勤めていました。この会社はドイツの自動車メーカー・アウディと提携していて、彼は若くしてその鍛造部門の支社長を務め、現在は同社選出の政治家として活躍しています。

三女は鉄道警察の大学を卒業して、裁判官をしています。その夫は市政府のタバコ専売部門の幹部を務めている役人です。

祖父母はもちろん、父の代も全員大卒です。その子どもたち、すなわち私の代の者も、私以外は全員大学を卒業しており、一族は「書香門第（シューシャンモンティ）」と呼ばれていました。書香門第とは門の前を通ると書籍の香りがする学者一族という意味です。日本でいうところのインテリ一族というのが近いでしょうか。

私の母はとにかく明るくて、歌が大好きでした。父と結婚した時はバスの車掌さんでした。私が生まれてからは大工さんが使うメジャーを作る工場に勤めていました。

ここで隠してはいけないのは、母の叔母の息子が15年間の刑務所生活を送っていたことです。強姦罪です。叔母と近隣の人の話によると裕富な叔母の家を妬み、町の不良がグルになって強姦事件をデッチ上げて恐喝したが、そのお金を払わなかったために投獄されたということです。しかし母曰く、「素行が悪いからあんな目に遭うのだ」とのことでした。

私が育った環境

私は長春市の病院で生を受けたあと、父の仕事のため引っ越しの多い生活を送りました。最初に暮らしたのは市の中心にある繁華街でしたが、私が4歳の頃に郊外の住宅街に引っ越したので、私の記憶の中には繁華街の入り口の風景がぼんやりと残っているだけです。

4歳以降に暮らしたのは、赤いレンガ造りの2階建ての家で、大通りと大通りに挟まれた街区の真ん中にあったので、どちらの通りに出るのにも100メートル以上は歩かねばならず、とても静かでした。左隣の家に美人の姉妹が住んでいて、ママゴトの相手をしてもらっていました。右隣には我が家の「汪（わん）」と同じ発音の王一家が住んでいました。

私の父は外科医だったので、よく家に贈り物をされたのですが、この王さんは交通警察の署長で、やはりよく人が贈り物をもって訪ねてきていました。初めて来る人は間違えてうちに届けるはずの品を王さんの家に置いていったり、反対に王さんへの品をうちに置いていったりということがよくありました。それで両家は面倒になり、相手の家に届けずにそのままもらってしまうというルールにしていました。

近所関係は良好で、母がよその人と喧嘩をする姿は一度も見たことがなかったし、人をののしったり、汚い言葉を使ったりする場面は父にも母にもありませんでした。

家の中は玄関から入ると４平米程のキッチンとでもいいましょうか、ここに食器棚が１つと鍋やらを収納する棚が１つあり、上下水道があって、居間のオンドル（中国東北地方で一般的な床暖房）とつながるストーブもここにありました。

玄関の正面には大部屋があって、その左の一角はオンドルで、家族３人で寝られる広さがあり、この上にチャブ台を置いて友だちと４人で宿題をやっていた記憶がハッキリ残っています。目の前の大きな窓からは近所の平屋の屋根が見え、遠くには煙突が見えていました。ラジオで日本の歌を聞き、それを歌ってくれる母と、同じラジオで日本語を独学して、やはり教えてくれる父の記憶がありました。

私には３つ年上の姉がいますが、幼い頃から一緒に暮らした記憶はありません。彼女は子どもの足で歩いて40分以上かかる所にある父方の祖父母の家に預けられていました。

後年になって姉はときおり私の記憶にない兄弟の思い出を語りますが、いずれも、お漏らしをしたとかどこでもゲリ便をぶちまけたという便にまつわる話ばかりです。それも３～４歳の頃の話が多いので、もしかしたらその頃だけ一緒に暮らしていたのかもしれません。

小学生時代

私は7歳で小学校に入学しました。日本では6歳で入学すると聞きますが、7歳での入学は当時の中国では早い部類に入るかもしれません。現に姉は8歳で入学していますし、9歳で入学する子もいました。

早めに入学することにしたのは両親の考えでした。教育に熱心だったようです。いくつかの小学校が候補で、難関で知られる名門校の入学試験も受けさせられました。

名門校の入学試験がどういうものだったかはほとんど覚えていませんが、最終試験にあたる面接試験では、1から100まで数えてから今度は100から1まで逆に数えることを要求され、私はこのテストにつまずき、不合格とされました。泣いて帰った記憶があります。

結局別の学校に入学して、新入生の代表という名誉あるスタートを切っています。新入生の宣誓文を紙を見ずに暗唱する必要があったため、私はメモを持ってどこに行ってもその宣誓文を読んで、一所懸命に覚えました。

姉に言わせると、これが私の自慢で、どこに行っても宣誓文を大人たちに披露して回ったといいます。その甲斐もあってか、入学式では無事に全校生徒の前で新入生の代表として宣誓文を大きな声で発表することができました。責任を果たした達成感は心地良いもので、それで入学後も積極的にいろいろな活動に参加していました。

この学校は道路に面していて、４階建てのレンガ造りの立派な建物でした。校門をくぐるとバスケットコートと鉄棒などがあって、日本の小学校と何ら変わらない風景です。校舎の中は内廊下の片側にずらりと教室が並び、授業が終わると生徒は一斉に教室から校庭にとび出すのも一緒でした。

とはいえ、小学校時代は順調とはいきませんでした。転々と、私は10回も転校することになります。

幼い頃から私は精神的に不安定で、小学１・２年生の頃かあるいは入学前なのかは定かではないですが、過食症になっていた時期もありました。

今のガリガリの私からは想像もつかないでしょうが、食べても食べてもお腹が減るので当然デブになってしまいます。それでも食べることをやめようとしないので、母の手に引かれてあちこちの病院で診察してもらうことになりました。これは当時の日常の大部分を構成していた体験で、病院の前のバス停に立って私の手を握る母の姿を鮮明に覚えています。

怪しい朝鮮族やら満州族のシャーマンにも見てもらっていたので、その儀式の一部も私の記憶の中に残っています。

迷信のたぐいは無神論の共産党政権にとっては民衆を惑わす有害なもので違法行為でした。その反動なのか余計に神秘的に感じ、子どもながら大人たちの過剰な警戒ぶりが印象に残っています。結局シャーマンよりも母を信頼させたのは児童専門病院の老いた医者のほうでしたが。

その治療法は実に単純です。私の周りに食べ物を置かないというものでした。

両親は居間に私を監禁し、登校させず、居間と玄関に二重の施錠をして、私から外出する自由と厨房に行って食べものを見つけてくる自由を奪いました。

私はこの期間中に友だちと接することもできず、窓から青い空と白い雲を眺めるだけの毎日を強いられていました。両親が飲み水を用意し忘れた日は、顔を洗うために使う洗面器に張られた水まで飲んでいました。

私はこの時期に、ひとつ悟ることができました。それは私がいなくても、クラスでは何事もなかったように1日でも何日でも時間は経過しますし、友だちも私がいなければいないで、1日でも何日でも時間は経過していくことでした。

それが寂しいことだったのかは覚えていません。ただ、風邪などで長く休んだとき、こんな体験をしたことはないでしょうか。病み上がりで登校し、クラスに入ると何故か少しよそよそしい自分に気がついたり、友だちに気付かれるまでのちょっとした間に別次元に飛び込んだような感覚を抱いたりするあの体験です。その時の感情はちょうどそれに似ていて、それは少年期の私の内面にずっと残り続けました。

とくに印象的だったのは、授業が始まる前のちょっとした休み時間です。同級生たちははしゃぎ、教室は騒然としているのですが、その騒音がふっと消えたように感じて、目の前で物も人間も動いているのに、それが遅れて脳に入ってきてスローモーションに見えたり、同級生がしゃべっているのに自分の耳には何も聞こえなかったりする現象が起きるようになりました。

このことが関係しているのかは定かではありませんが、小学生の頃の私は、誰かの下につくというようなことは一度もありませんでした。

どこに転校してもガキ大将とは交わらずに、独自の遊びを考案して友だちを作り、自分の世界を持っていました。そのためか周囲から頼られることもあり、いじめのターゲットにされるようないわゆる反主流派の子たちから、いじめっ子の対抗馬として祭り上げられることが多かったです。これは成人しても、そして国が変わっても不変な部分となりました。

文化大革命の影響

当時の中国は、かの悪名高き文化大革命の影響が色濃く、経済制裁を受けていて、ソ連との国境紛争があったり、米国との戦争を終えたベトナムが今度は中国と戦争を始めたり、ラオスにも中国軍が派遣されていて、社会は不安定でした。物不足は中国全土に亘るものだったようです。

当時の中国は食料やほとんどの日常品が配給制でした。米、雑穀、食用油は家族の年齢によって配給量が決まります。配給所は普通の商店と変わらない佇まいで、市内の至る所にあり、市民は列を作って配給を受けます。その際は配給手帳に配給を受けた日時と商品が記入されました。二重配給を防ぐ仕組みです。

物不足は学校でも顕著でした。教科書ですらとても貴重なものでした。ノートは質の悪いものでもなかなか入荷がなく、入荷しても買えない家庭が多かったようで、一人っ子政策が始まる前だったから兄や姉からのおさがりを使う生徒が多くいました。

筆箱はブリキ製のものでも新品はめったになく、塗装がぎりぎり残って模様が分かるだけでも自慢できたものです。その筆箱を開けてもエンピツはチビったものが１本入っているだけで、消しゴムも小さいものがあれば良いほうでした。私は建築デザイナーの叔母がいたため、設計用の高級鉛筆が入手でき、羨望のまなざしで見られました。

教室はボロボロで、窓ガラスが割れても代わりのガラスがないので、割った学生が弁償する決まりでした。その学生の親は職場で盗んでくるか、物々交換で入手してくるかして窓を直さなければなりませんでした。教室の扉はガタガタで、黒板はベニヤの板に墨汁を自分たちで塗ってつくらなければならなかったし、チョークも満足にありませんでした。

冬に入る前には、大量の石炭が学校に配給されました。それを教師と生徒が総出で運び、水を加えてこね、レンガ状にして日干しにします。数日かかって乾燥すると、生徒たちによって素手で１枚ずつ丁寧に倉庫や教室に運ばれます。冬はこれを燃やして暖を取るのです。

薪も配給されており、薪割りは男の子たちの仕事でした。しかし、ストーブはこれだけでは燃えません。種火として松脂（まつやに）を含む木の枝とマッチが必要です。学校はこれらを生徒から徴収しました。日本の子どもたちが給食費を納めるように。

このように当時の中国では、社会の建設に貢献する義務として、職場でも学校でもいろいろなモノを要求されました。

植物の種や使い終わった歯磨きチューブ、乾燥させたミカンの皮（漢方薬の材料になるそうです）など多種多様ですが、普通は考えられないようなものもありました。

一例は人畜の糞です。当時、市内にはまだ馬車が走っており、冬になると路上にはカチカチに凍った糞が落ちていました。肥料として使われたそうですが、美観と衛生上の理由からも回収する必要があったので、小中学生の義務とされたのだと思われます。またハエとネズミの死骸も回収されました。これも衛生のためでした。

小学校の教室には生徒を見下ろすように毛沢東（もうたくとう）とその後継者とされていた華国鋒（かこくほう）という人の肖像画が掲げられていました。

肖像画の下には「君にまかせれば私は安心だ」という毛沢東が言ったとされる言葉が書かれていました。華国鋒が毛沢東の後継者であることをこうして国民に知らせたわけですが、華国鋒はのちに失脚させられました。

父の思い出

私の両親は離婚していました。

この事実に気づいたのがいつ頃か、実はよく思い出せません。子どもの私には分からないように隠していたようでしたし、離婚とはどういうものなのかもその当時は理解できませんでした。それでも父が母に暴力を振るう場面はいくつも記憶しています。

父は家にあまり帰らず、自分の勤務先である病院で寝泊まりする生活を送っていました。そんな父に会うために、病院を訪ねることがよくありました。

病院はとても大きかったです。そこに行くと白衣を着た父は家にたまに遊びに来ていたおじさんたちから「先生、先生」と尊敬されていました。私が守衛に止められても、彼らが父のところに連れていってくれました。

警備は厳重で、門の前には常に人だかりができていて、見舞いに来ても入れずに困っている人をいつも見ました。そうした中で、ほぼ顔パスで入れることに私は優越感を抱いていました。入れない人々から伝言や見舞い品を届けるように頼まれることもありました。

当時私はこの病院のすみからすみまでを探検しました。霊安室にも無断で入ったことがあります。しかしもっと恐ろしい場所もありました。それは建物の一番奥の、タイル張りのプールがある部屋です。

あるとき、唐山市（とうざん）という遠くの都市でとても大きい地震が起きた日のことです。直線距離で約750キロも離れていましたが、そこで負傷した市民がこの病院まで運ばれてきていました。たまたまこの日、私が部屋に行くと、プールはどす黒い液体で満たされ、足首に荷札のようなものが結ばれた死体が無数に浸かっていました。

恐怖のためかどうかは覚えていませんが、看護婦さんに見つけてもらうまで、私はその場所から自力では動けませんでした。

ここの病院について、もう1つの記憶があります。

家から病院までの途中、とても広い道路を渡らねばならないのですが、そこで疾走する自転車にはねられてしまったことがあります。ちょうど父からお小遣いをもらった帰り道で、お菓子を買いにいこうと浮かれていたときのことでした。

あたりどころが悪かったようで、血がとめどなく出てきます。そのときは夜で、街路灯がまったくない時代だったので、暗闇の中で私はぐったり横たわっていました。そのまま野垂れ死にしてもおかしくありませんでした。

たまたま病院関係者の車が通りかかり、父の病院に運んでくれて一命をとりとめました。

とても運が良かったと思います。というのも、父の病院は外来を受け付けていなかったので、通りかかったのが病院関係者ではなかったら、治療を受けられない可能性があったからです。

文化大革命の抗争に巻き込まれる

小学4年生の新学期を迎える少し前、父が政治犯として収監される事件がありました。背景はとても複雑で、当時幼かった私に説明してくれる大人はいませんでした。今振り返ると、その発端はある種の権力闘争だったようです。

父は医学界では一定の発言力がありました。自前の派閥をもっていて、若くして慕われる存在でした。小児マヒ患者の足の短い方を伸ばす手術を得意としており、その伸ばした長さが新記録を出して学会誌に掲載されることもありました。一方で、そうした父を疎ましく思う人々もいたのです。

ここで当時吹き荒れていた文化大革命が関係してきます。

父は親日家で、ラジオで日本の放送を聞いていましたし、日本語も学んでいました。母も日本の歌を学んでいました。さらに、ほとんどの娯楽を禁じられていた時代に、父は同僚の医者や教師を自宅に招き、ダンスパーティーを催して日本の歌を聞かせることもしばしばでした。

当局が看過するはずがありません。

そして、父が目をかけていた若い医者が、このことを密告したのです。

この若い医者は住宅の配分に恵まれず、父は同情して自宅の一室を貸していました。父が政治犯として追放されれば、父の家が自分に分配されるという狙いもあったようです。


事件の日、家にはいつものように母と私しかいませんでした。先述のとおり、父は家にいないことが多かったのです。手術や夜勤といった医者の仕事のほか、母との不仲もあってのことと思います。とても寒い夜でしたが雪は積もっていませんでした。

夕食が終わり、母とおしゃべりをしているところに、玄関がノックされました。私が走って行って扉を開けようとすると、母が強引に引き止めます。そして扉を閉めたまま母が用件を尋ねました。

父に用があるという来客の返答に母は不穏なものを感じたようでした。かたくなに玄関を開けるのを拒み、「夫は不在で開けられません」と来客を一旦帰したのです。

しかし、ドアの前の気配はなくなりません。母は壁に耳を当てて来客は1人ではないことに気が付いていました。

「今日は寝てはだめ」と母が私に怖い顔で言いました。いつもは早く寝なさいと小言をいわれる時間帯です。私も緊張して恐くなりました。

ドアの前にいる人は、今度は警察官を名乗り、玄関を開けるよう要求してきました。

母はこれも拒否します。母は私にありたけの服を着せ、耳あてのある軍人風の帽子まで被せると、母自身も外出するときのような厚着をしました。異変に備えて、逃げ出せる準備だったのかもしれません。その間に男の声は1人から2人に、2人から3人にと増えていました。

玄関を叩く音はノックと呼べる大きさではなくなり、近隣に響き渡るものとなっていました。普段ならこうした異変があると居民委員会のおばあちゃんが必ず飛んでくるのですが、このときは姿を見せません。同じ階に警察署長の家もあるのに、それも含めて外には知っている人の声はひとつもありませんでした。そして、玄関のドアにはめられた小さな窓ガラスがものすごい音とともに叩き割られました。

母はドア越しに男たちと戦いました。赤いフサフサが付いているヤリを持ち出し、割れた窓から手を伸ばして玄関の鍵を開けようとする男たちの手を刺して抵抗をします。

男たちの怒鳴り声で騒然となります。男たちの人数は数十にのぼるのがわかりました。それでも近隣からは助けが来ることはありませんでした。

母は私にブザーのスイッチを押すように命じました。

当時、いろいろな悪い噂が飛び交っていたので、父が家族を守る為に防犯ブザーを設置していました。居間の窓のところにスイッチがあり、押すとブザーが大音量で鳴り、近隣の住民が我が家を守ってくれることになっていたのです。

私は窓にのぼり、普段は決して押してはいけないと教えられてきたスイッチを何回も押し続けました。しかしブザーの音は外の怒号でかき消されたのか、私には何も聞こえませんでした。母のいる玄関に走って戻ると、母はヤリを渡して「刺せ」と命じました。そして自分でもう一度スイッチを押しに行きました。私は無我夢中で男たちの手を刺しました。この時点で、玄関は血だらけで、扉はボロボロになっていました。母は助けをあてにできないと悟ったようで、今度は猟銃を持ってきました。

父に猟をする趣味はなかったはずなので、恐らくこうした事態のための護身用に用意したものだったのでしょう。母は長い銃身を玄関の小窓に向けると、真横に立つ私に耳を押さえるように指示し、発砲しました。弾は窓から覗いていた男の顔面に命中し、悲鳴と共に男の顔は消えました。

男たちは一旦怯（ひる）みましたが、まもなくまた押し寄せてきました。母は再び銃を構えて２発目を発砲します。弾は2発しか装填できないので、もう弾切れです。母は弾を込めようとしますが、方法がわからないのか「装填できない」と泣きわめきました。このときの母は恐らく20代で、都会育ちで、バスの車掌と工場勤めしか経験していないはずでした。

この2発の銃弾が、私たちの最後の抵抗でした。

男たちの言葉遣いはもう警察官とはとても思えない、チンピラ同然のものになっていました。やがて玄関の扉が破壊され、彼らが室内になだれ込んできました。彼らは酒臭く、手には棍棒や鉄パイプといった凶器が握られています。父の名前を叫びながら、室内を破壊し始めました。

母は私を部屋の隅っこに押し込んで守ってくれたことを覚えています。母と私が暴力を振るわれることはありませんでしたが、家財道具はことごとく持ち去られるか、窓から放り投げられました。町内はシンとして、どこの家からも声すら聞こえませんでした。

男たちは深夜まで居座り、やっと引き上げていくと住民が一斉に出てきて、私たちの安否を気遣ってくれました。若い男性が自転車で警察に通報しに行きました。家は完全に破壊され、窓もこなごなにされて、家の中に残ったものは本当に箸たった1本だけでした。泣く母の姿を覚えていますが、私自身はそんな余裕もなかったのか、泣いた記憶はありません。この後は、なかなかやって来なかった警察の車に乗せられて、私たちは警察署で夜を過ごしました。

後日、近所の人が襲撃の様子を語ってくれました。

大きいトラック２台に乗せられ、１００人近い男たちがやってきたそうです。彼らは近所の道を封鎖し、騒ぎを聞きつけて家から出ようとした住民たちを脅し、足止めしていたといいます。

父は無事でした。私たちが襲撃されているちょうどその頃、彼は近所まで帰ってきていました。そこで男たちの検問にあい、他人を装って家の近くまで来たものの、あまりの暴漢の多さに隣人宅に匿(かくま)ってもらって命拾いしたのです。

犯罪集団は最後まで分からないままで、その後、被害者であるはずの私の父は投獄されました。母に撃たれた男の生死は不明ですが、母が罪に問われることはありませんでした。

医者の子から犯罪者の子に

父が医者であることに、私は優越感を抱いていたと思います。

当時は病床数が限られていたため、偉い役人でも医者に贈り物をしてようやく治療が受けられる時代でした。とくに父は腕のいい外科医で、たくさんのベッドをまかされていたため、その特権は絶大なものでした。母との関係性には問題はありましたが、一人息子である私にとって、父は自慢の存在だったのです。

それが一転して、家庭から父が消え、監獄というドロボーや人殺しが入る所に押し込められたのですから、そのショックは大きなものでした。私は、父の話を避けるようになりました。また、生活も大きく変わりました。


襲撃がきっかけだったのかは定かではありませんが、私はその後短い間、母から引き離され、父方の祖父母の家で暮らしました。

この祖母を、私は好きではありませんでした。祖母はものすごく陰険な性格で、とりわけ嫁連中に辛く当たりました。それなのに家のことは何をやってもだめなのです。家の中は散らかり放題で、何でも捨てずにとっておく癖があったので、物がたまる一方でした。それでいて、他の人には掃除もさせなければ触らせもしないのです。

家の中の色調は黒や灰色がメインで、電気代をケチるため、とにかく暗かったです。この家での暮らしは私にとって不満だらけでした。

そんな日々の中で、私はある事件を起こしました。

祖母は祖父が経営する建築会社の経理をやっていて、小さな会社でしたが、従業員は十数人いました。給料日の前、祖母はいつも家で給料を計算して給料袋につめていたのですが、私はそれを盗んだのです。

祖母と父を困らせたいという気持ちもありましたが、直接的な動機は、別のところにありました。祖母はいつも、給料日の前は私が下校しても家にいれてくれなかったのです。大金があったとはいえ、私はそうした祖母の狭量（きょうりょう）に寂しいものを感じていました。はらいせのつもりだったのです。そこには愛していた母と暮らせない寂しさと、好きでない祖母と暮らさねばならない不満が重なっていたと思います。

その日、下校した私は、家に入れないと分かると窓側に回りました。窓はロックされていましたが、上部の通気用の小窓が開いており、室内には誰もいませんでした。テーブルのうえには札束が山になっていました。迷わず小窓から中へ入り、腕で抱えられる分だけ抱えたとき、物音が聞こえたので窓から逃げました。

そのお金で飴玉を数個買い食いしたあと、近くの工事現場に忍び込んで、札を1枚ずつ燃やしました。すごい量だったけれど数えようともしませんでした。燃やしていると、涙が流れてきました。もうあの家には帰らないと思いました。帰れないとも思いました。でも母がいる所は遠すぎて行き方も分かりません。この夜は人生でもっとも長く失望したときでした。絶望と喪失の真ん中で嗚咽を繰り返していました。

ガキ大将のなり方

父が収監されてから、私は喧嘩をするようにもなりました。

同年代の子を倒したあとも容赦なく殴りつづけて、頭を地面に何回も叩きつけて、脳震盪(のうしんとう)になる程の怪我を負わせる事件を起こしました。

この頃には再び母と暮らすようになっていましたが、母に連れられて、相手の家にとても貴重だったフルーツの缶詰を持って謝罪しに行ったのをはっきり覚えています。日本ならワゴンセールで安売りされるようなものでも、当時の中国では病人にならないとけっして口にすることはできませんでした。怪我を負わせた子も生まれて初めてこんな甘い物を食べたと喜んでいました。

背の低かった私は喧嘩が強くなかったはずです。それでも気が強かったのか、とにかく喧嘩に明けくれました。しかし不思議なもので、それを続けていると友達をつくることができたのです。

１人は体型が大きい子で、もう１人は喧嘩馴れしていたマッチョな子で、３人目はずるがしこく、建築設計士の両親を持ち、お小遣いには困らない金持ちの子でした。ドラえもんのキャラクターに喩(たと)えるなら、ジャイアンが2人いて、スネ夫がいて、この3人を束ねていたのはチビで色白の私でした。

小学4年生の後半には、同世代の悪ガキをほとんどやっつけ、この3人とともに常に行動するようになっていました。

そこに最大の強敵として浮上してきたのは何と女子でした。小学4年生なのに、大人並みの身長があったこの同級生は、勉強はまるでダメでしたが、とにかく打たれ強いのです。私が角材で殴っても倒れないし、血だらけになっても反撃してくる根性がありました。面倒見が良くて、他のクラスに泣かされた子が出ると、男子よりも先に飛び出して、相手を捕まえて謝るまで喧嘩をするという性格でした。何十回にもわたる喧嘩の末、この女の子に好かれるようになって、私たちはともに行動するようになりました。

彼女は戦力になりました。彼女が仲間に加わることで、私たちは5年生に反抗して喧嘩をするようになったのです。小学生で1学年違うと体格の差がとても大きく、大変でしたが、放課後に上級生のクラスへ出向き、泣かされた同級生の仇をとるのが日課になりました。

この時期の私は学校一の問題児になっており、校長から嫌われていました。私も校長に挑戦していました。やがて彼は亡くなってしまうのですが、そのお別れ式でみんなが白い造花を捧げたのに対して、私たちは赤い花を捧げました。

しかし浮かれていたのも束の間で、後任の校長は何と前校長の奥さんで、初日に名指しで私を叩き直してやると言われました。結局、この学校では勉強よりも、私はガキ大将の帝王学を身につけたようで、これ以後、人の下に付くのが嫌になりました。

学校の外でも、私は喧嘩を繰り返しました。

家の近所では、民兵指揮官の息子兄弟がガキ大将として君臨していました。

私は彼らの輪に加わろうとはしませんでした。彼らの輪に加わると、その輪のルールに従わなければならないので、それが嫌だったのです。変わり者として笑われても、自分が不利と判断したルールには絶対従わない。それが私のこだわりでした。

そのガキ大将の兄は私と同い年で、体格差もほとんどなかったので、喧嘩は一進一退で決着が付きませんでした。彼らのグループには10人程のメンバーがいましたが、対して私は１人だけでした。そのため付けられたアダ名は〝兵隊なし司令官〟です。要は一匹狼でした。

喧嘩になると勝つこともあれば、負けることもありました。この11～12歳の時期に喧嘩をすることで、私は挫折することを学んだのかもしれません。

それまでは大人の庇護を受けていました。医者の父親がいるからということで幼稚園でも小学校でも先生から特別扱いされていたと思います。父の七光りはなくなってしまいましたが、この時期の体験のおかげで、それでもやっていけると感じることはできました。

母は「家ではお前が唯一の男だからしっかりしなさい」とはげますようになっていました。「医者の息子」という肩書きが消えて、代わりに「女大家さんの息子」と呼ばれるようになりました。この響きは嫌いではありませんでした。何と言ってもそこには父の影がないから、私は父の束縛から解放されたとさえ考えていたのかもしれません。私はここで子どもから卒業したのだと思います。

現にこの頃の家には、もう父が来ることはありませんでした。私は12歳になっていましたから、1984年のことです。

この年、父はすでに牢獄から解放され、日本に移り住んでいました。

第2章　怒羅権誕生

日本へ

私が訪日したのは1986年4月14日でした。日にちまでハッキリ覚えているのはその日が14歳の誕生日だったからです。

1980年代は中国残留孤児の日本への帰国が本格化し、その数が増えていった時代です。私が日本に渡った背景にも、こうした流れがありました。

しかし、ここまでに語ったように私は残留孤児ではありません。両親は中国人です。父は離婚した後、残留孤児1世の女性と再婚していました。父はその女性に呼ばれる形で日本に移り、その3～4年後に私と姉が呼び寄せられたのです。

日本での生活は不意打ちのように始まりました。

久し振りに父から「船遊びをしよう」と連絡を受け、まず上海につれていかれました。すると父はもっと大きな船に乗ろうといって、目が覚めると目の前には神戸港の景色が広がっていました。

神戸港から車で東京都江戸川区に向かいました。目的地は継母の暮らすアパートです。

残留孤児1世の帰国は、国費と私費の2種類がありました。継母は私費でした。国費と私費では大きく待遇が違います。国費で帰国した人は、厚生省（当時）の帰国支援センターのはからいで、常盤寮という施設に半年間くらい入ることができましたが、私費の場合は自分で住むところを探さなければなりません。

母のアパートは古い木造でした。敷地内は舗装されていない砂利道で、散らかった傘や洗濯機を避けながら木製の玄関をくぐると、4畳半と6畳の和室が2つ、2畳ほどの台所という間取りになっていました。

タンスや戸棚が多く、手荷物をおろすと座る場所すらない狭さでした。照明は頭をぶつける程低いところにあって、まぶしく光る照明があるのに、それが照らすベニヤの天井はとても暗く感じました。テレビとビデオが、ボロボロになったベニヤの台の上に置かれています。

ここに14歳の私と17歳の姉、父、継母、継母の19歳の連れ子の5人で暮らす日々が始まりました。

中国とは勝手の違うところが多々ありました。

玄関で靴を脱がなければなりません。これにはそれほど抵抗がなかったのは、あちらに住んでいたときにイスラム教徒の友達の家で靴を脱いで過ごした経験があったからだと思います。

生まれて初めて見るガラス戸は引けばいかにもガラスらしい音がして、割れそうで怖いと感じました。

冷蔵庫も初めて見ました。とはいえ高さは120~130センチほどで、中国の広告で見たものよりずっと小さかったのが印象的でした。

黄色くて腐っていないバナナが房のまま、きれいに光るステンレスのお盆に載せられていることに豊かさを感じました。当時の中国では果物は傷だらけで小さく、見栄えは悪いのが普通だったのです。

しかし、このバナナは一種のインテリアのようなもので、全部食べてしまうのは良くないことのようでした。

これが父の意向なのか、継母の意向なのかはわかりません。ただ、普通ならそれに疑問を抱いたり、反感を抱いたりするのかもしれませんが、私はどうでもいいと感じていました。父も継母も、親しみを持てない存在だったからです。

継母はいい人であったと思います。気を使ってくれましたし、いじめられたこともありませんでした。けれど、私と父は長らく会話もなく、彼が実母を捨てたという意識もありましたから、その縁者である継母と馴染めないのは無理からぬことでした。そんな人々といきなり布団を３枚やっと敷ける狭さの家で暮らさなければならなかったわけですから、相当な戸惑いとストレスがありました。

壮絶な差別

日本に着いて1週間後には学校生活が始まりました。

当時、江戸川区では区立葛西小学校と区立葛西中学校が残留孤児たちを受け入れており、日本語教育を受けることになっていたのです。

私は14歳でしたが、中学1年生に編入しました。

その時は葛西中学校には男女30人ずつ、60人の残留孤児2世がいました。1つのクラスは総勢50人ほどで、そのうち1～2人が残留孤児2世という割合でした。

編入する残留孤児2世たちの年齢や学年はばらばらです。早く働いて中国に残る兄弟たちの生活の面倒を見たいという人は中学3年生に編入していました。中学を卒業したらすぐに働くことができるからです。逆に、17歳でも中学1年生に編入した子もいます。日本できちんと教育を受けさせたい家庭はそうしました。

学校生活にも多くのストレスがありました。それは私たち中国人と、日本人の違いから来ていたのだと思います。

　私たちは貧しかったのです。

　学生服を買うお金がなかったので、私は先生がくれた中古品を着ていました。不良生徒から押収した改造学ランでした。内側に竜の刺しゅうがあり、襟が異様に高く、小柄な私には大きすぎましたが、それしかありませんでした。

　靴下は父や他の家族と使いまわしていましたから、伸びてしまい、当時身長144センチだった私にはすぐに合わなくなりました。

　すべての授業を1冊のノートで受けなくてはなりませんでした。中国から来た子どもは鉛筆や消しゴム、辞書をもっていない者がほとんどです。先生が自腹で筆記用具を用意し、私たちに貸し出してくれましたが、限りがあるのですぐになくなります。消しゴムは大きなサイズのものをみんなで使いまわしていました。

　そんな中、日本人の同級生の振る舞いが強く記憶に残っています。

　振ると芯が出てくるシャープペンシルが当時流行っていたのですが、それを買ってもらいたいがために、旧タイプのペンをわざと折り、「折れちゃった、新しいのを買ってもらおう！」と大きな声で独り言をいう子がいました。

教室のゴミ箱には、アニメキャラの消しゴムが「少し使ったら、キャラが見えなくなった」とか、「汚くなった」といった理由で捨てられていました。

ゴミ箱から溢れそうなほど紙くずが出ていましたが、私たちにはそんな紙くずを出すためのノートもありません。

それまで受けてきた教育の違いというのも大きな壁でした。

まず、私たちのほとんどが日本語を喋れません。それを馬鹿にされます。差別のもっとも大きな源泉は言葉なのだと知りました。

当時、川に落ちた中国残留邦人の子どもが「助けて」と日本語で言えなかったために溺れて死んだという話を私たちの多くが信じていました。いま考えてみると、周囲に人がいれば、溺れる者が何語を話していても救助されるはずなので、都市伝説だったのだと思います。しかし、当時の私たちはそれを信じてしまうほど日本社会に不信感を募らせていたのでしょう。

また、日本人は小学校のときから縦笛を習っているのでみんな吹けますが、私たちは誰も吹けません。それでも授業では吹かねばならず、使い回しのお古をあてがわれます。笛の名前を書く欄には、過去の所有者たちの名前が何人分もマジックペンで塗りつぶされた跡がありました。

みんなが一斉に演奏するとき、私たちは手にした笛を見ているだけです。それが滑稽なのか、周囲からは笑われます。では、どうすればよかったのでしょう。吹いてもピーとしか鳴らないのです。

先生は、笑う生徒たちをたしなめてくれません。気分を害した様子で嫌そうな顔をしているだけです。せめて指の動きだけでも同じようにしようとすれば、その慣れない手つきはサルに人間の道具を持たせたときのぎこちなさに似ていて、笑い声は高まります。こうした経験は、当時の残留孤児2世には誰にでもあるはずです。

私は帰りたいと思いました。この場から逃げたいと。

貧乏が嫌だったというわけではないのです。私たちは、文化大革命後の物不足を経験した最後の世代です。本当の貧乏を知っています。ですが、中国ではみんながみんな貧乏でしたし、貧乏の中でみんなは助け合うことができました。

私が小学生の頃、足の悪い父親と2人暮らしの同級生に、クラス一同で文房具を分けてあげたこともありました。その父親はポン菓子屋をしていたので、全校生徒に呼びかけ、ひとにぎりの米を持ち寄り、校門前でポン菓子を作ってもらうということもしました。私たちにポン菓子を振る舞う父を見て、その子は誇らしげにしていました。

あの頃は、1人1人が自分のできる何かをすることで、自分は社会の一員だという思いを持てたのだと思います。

日本に来てから私たちにはそんな機会はありませんでした。通学バスの中では誰も目を合わせてくれません。クラスで浮いてしまい、往生する私たちの味方をしてくれる者もいません。みんなに笑われているのを「可哀想だ」と言う者はいましたが、遊びに誘ってくれることはありませんでした。

学校では、空気のように透明な存在である必要がありました。声を発さず、奇抜な行動をとらず、つまり座って呼吸するだけという姿勢を求められていたのです。

そんな中で強く記憶に残っているのが、最初の担任だった岩田先生です。

岩田先生はとても厳しい人でした。ビンタがとばない日はない程よく殴られましたが、やさしいときもありました。殴られて痛いけれど、無視される精神的な痛みよりは遥かにマシで、歯をくいしばり、にらみながらもこの先生に好感をもつようになりました。

昨今言われる「体罰はよくない」というのは、完全に偽善としか思えません。

ニコニコしているだけの他の先生たちは手こそあげませんでしたが、私たちから視線をそらしていました。そして日本人の生徒たちが私たちを嘲るのを、むしろ助長していたのです。

家出と仲間との出会い

この時期、私には居場所がなかったのだと思います。

残留孤児の家庭では、たいてい親は仕事で忙しく、夜遅くならないと帰ってきません。私の場合、両親との関係が良くなかったこともあり、話をすることもありません。

父は実現される見込みのない将来の話や、「ノドが渇いても缶ジュースも買えない」といった愚痴を、安焼酎を飲みながら毎晩のように語っていました。

かつては医者という権威ある立場で、自宅でダンスパーティーを開いていた彼のそんな姿を見て、私は複雑な心境を抱きました。宿題の日本語の書き取りをしていると、「ノートを無駄にしている」と小言をいわれ、情けない気分にもなりました。

継母とは距離を縮めるべく、彼女の実子よりも家の手伝いを頑張りましたが、中国で健在の実母を思うとやはり「お母さん」とは呼べない気持ちがありました。

外にも行き場がありません。近所には、中国では珍しかったゲームセンターが何軒もありましたが、投入するコインは１枚もないのです。見ているだけです。店員からは嫌がられました。

疎外感というものをこの時期にとにかく強く抱きました。家にも、学校にも居場所がない、そんな子はほかにも大勢いました。そうした心情を抱えた2世たちにとって聖地と呼べる場所が、葛西には2つありました。

ひとつは常盤寮です。

中国残留邦人の受け入れ施設でもあったこの寮は、若い世代の情報交換の拠点でもありました。1階のホールにはピンク色の公衆電話が据え付けてあり、毎晩のように鳴ります。全国で暮らす同じくらいの年代の2世たちがかけてくるのです。

大抵はその場にいた者がでます。受話器の向こうの子は「学校で馬鹿にされた」「中国に帰りたい」と、他にぶつけることのできない憤りや悔しさを訴えます。顔も知らない子たちですが、その心情は私とまったく同じでした。

地下鉄西葛西駅の目と鼻の先にある「恐竜公園」も2世たちにとって無くてはならない場所でした。その名の由来は恐竜の像が敷地の中央にあったからだと思います。

夕方過ぎになると、10代の少年少女が集まり始めます。やがて、溜まったものを吐き出すように話し始めます。すべて中国語です。埼玉県や千葉県から来る人もおり、週末になると数十人にもなることがありました。

家にいたくないという心情は日増しに強くなり、葛西中学校に通うようになってまもなく、私は家の外で寝泊まりするようになりました。公園や橋の下などでダンボールを敷いて眠ることが多かったです。この生活を通じて同じような境遇の子たちと何人も知り合いました。

記憶に残っているのは、葛西のとあるマンションです。屋上に通じる階段の脇に機械室があり、鍵がかかっておらず、寝泊まりができたのです。屋外で眠ると、夏でも朝方は冷え込むので、雨風がしのげるのはとてもありがたいことでした。

この機械室では同世代の子どもたちが寝泊まりしていました。中国語で故郷のことや学校のことを話しました。でも、あまり家庭の話はしません。

しかし、なんとなく「この子にはお父さんがいないのだろうな」とか「家でうまくいっていないのだろうな」と感じていました。

そのようにしていくつも夜を過ごすうちに、私たちは仲間になっていきました。

この時期、仲良くなった子の１人としてＵ君が思い出されます。彼は私が葛西中学校に編入して最初に話をした人でもありました。初めて教室に入り、心細くしているところに「どこから来たの？」と声をかけてくれたのです。

私たちは気が合いました。共通点が多かったのです。私の一族はインテリが多かったのですが、彼のおじいさんも大学で教授をしていたそうです。また葛西中学校にいた中国人の多くは中国に思い入れが強かったように感じますが、私とU君は冷静なところがあり、日本と中国の長所と短所を客観的に話し合ったり、「もっと日本語がわかるようになったら中国共産党の本当の歴史を調べてみたい」などと語り合ったりしました。

U君も私とともに最初期のメンバーとして怒羅権に参加することになりますが、現在は消息が不明です。一度、探偵を使って探したことがあるのですが、それでも見つからなかったので亡くなっている可能性が高いと思います。

いじめと怒羅権の誕生

日本人同級生たちの嘲りは、やがて積極的ないじめへと変わっていきました。「チョンだから馬鹿」と罵られたり、学校の帰りに殴られたりする残留孤児２世が大勢いました。日本語が分からなくても悪意のある言葉は分かります。泣く者もいれば思いつめて自殺する者もいました。

私がいた頃の中国では、いじめは社会全体を見渡しても珍しいものでした。事実、残留孤児２世の多くにとって、いじめは初めての体験だったはずです。

中国の子どもは町内や地域ごとにまとまって遊びます。グループの中には小さい子もいれば大きい子もおり、男の子も女の子もいるという状態です。だから小さい子の世話をしたり、弱い者を守ったりといった役割分担が自然に生まれます。こうした環境ではいじめは起きづらいものです。

だから日本の学校のように、学年や男女でグループが分かれて、少しでも変わっている者がいればいじめるという文化に面食らいます。別の言い方をすれば、日本独特の「全員が同じことをしなければならない」という同調圧力に馴染めないとも言えます。

私たちは自分で考えて、自分の意見をいう習慣があります。しかし日本では、例えば、給食を美味しく食べていても、周りが「不味い」と言ったら同意する人が多いようです。その気持ちが理解できないのです。

残留孤児2世たちのいじめに対する反応はさまざまでした。「日本人になりたい」と考える者から「自分は中国に生まれたから中国人」と考える者まで、アイデンティティが細かく分かれていました。

日本人になりたいと考える者は相手を理解しようと頑張りましたし、先述のように打ちのめされ、自殺する者もいました。そして、抵抗する者もまたいたのです。

私も抵抗する1人でした。

葛西中学校に転入してから半年くらい経った頃、初めて日本人の同級生を殴りました。今考えれば、彼もいじめられっ子の1人だったのだと思います。いじめっ子の機嫌をとるために私の悪口を言ったり、小突いたりしていたのでしょう。

しかし当時の私にとって、そんな事情に気を巡らす余裕はありません。反撃が怖いとも思いませんでした。何がきっかけだったかはよく思い出せませんが、なぜ自分がいじめられなければならないのか猛烈に理不尽さを感じ、気がついたらその子に食って掛かっていたのです。

殴った、というよりはつかみ合いになって床に倒れ込んだというのが正確なところです。ぐちゃぐちゃのもみ合いになって、周囲のクラスメイトに止められました。この後、私が辿った人生を考えれば、喧嘩とも言えないような喧嘩ですが、これは大きな転機の1つになったように思います。

怒羅権が誕生するきっかけは、こうしたいじめに対する抵抗でした。

学校内で殴ったり殴られたりするわけですから、普通は学校が親を呼び、やめさせます。しかし、残留孤児2世の親は来られません。みな忙しく働いていますし、子ども以上に日本語がわからない場合が多いからです。

止める者がいないので、暴力はエスカレートしていきます。

いじめてきた不良を殴り返したら、仲間の上級生を呼んでくるようになります。上級生とやりあううちに学校の外の暴走族が呼ばれるようになります。暴走族に襲撃されるようになると、私たちも登下校のときに固まって行動するようになり、やがてチームになっていきました。

現在の怒羅権は犯罪集団ですが、当初は自然発生的に誕生した助け合いのチームだったのです。

最初期の怒羅権には名前がなかった

このような経緯で誕生したため、怒羅権に明確な設立日はありません。また、最初は怒羅権という名前もありませんでした。

確かなことは１９８６年にはチームの形になっていたこと、最初のメンバーは12人だったことです。

中学3年生と2年生の８人が主力メンバーでした。中学生といっても彼らは17歳から18歳で、高校生のヤンキーや暴走族に対抗することができました。そこに私を含めた1年生の４人が加わった形でした。報道では怒羅権の初期メンバーは８人と言われることが多いですが、その場合はこの3年生と2年生を指しているのだと思います。

実際、私たち1年生は幼かったので戦力にはならず、ヤンキーや暴走族と喧嘩をするときは上級生が前に出ていました。喧嘩が始まると、なにか武器になるものを探して先輩に渡したり、相手の増援の動きを見張ったりといった役割が多かったです。しかし、中学２年生になる頃には喧嘩に慣れ、私も前線で殴り合うようになりました。

リーダーのいない、ゆるやかなチームでした。常に12人で行動していたわけではなく、入れ替わり立ち代わり7～8名で動くことが多かったです。しかし、ある時期からリーダーと呼ばれる者が出てきました。他の不良グループや暴走族にはもちろんリーダーがいます。彼らと話をつけるためにどうしても日本語を話せる者が必要だったのです。

ヤンという子が一番日本語が堪能で、最初の頃はいつも前に出ていました。「俺はヤンだ」と名乗ると、相手は勝手にリーダーと勘違いしたのですが、実際はチームの代弁者・通訳という立場でした。やがて怒羅権の初代総長と呼ばれる佐々木秀夫（ジャン・ロンシン）が出てきますが、彼が頭角を現したのも日本語を話せたことが理由でした。

怒羅権というチーム名がついたのは1988年頃のことでした。

この名前は「日本社会に対する怒り」「残留孤児の団結」「権利」を表しているとよく言われます。実はこれは誰かが勝手に流したデマなのです。確かに私たちは日本社会に怒りを抱いていましたが、それを名前に込めてはいません。

ではなぜこのチーム名になったかというと、当初は「龍達人（ロンディツオンレン）」という名前をつけていました。龍の末裔という意味です。東アジアには自分たちを何かの末裔に喩える文化があり、モンゴル人ならば狼の末裔、中国人なら龍の末裔という自負があります。他の暴走族が壁にスプレーでチーム名を書いているのを見て、自分たちも真似しようということになり、「龍達人」をチーム名に選んだのです。

しかし、いざ書いてみると中国語の簡体字であったため、日本人は誰も読めません。周囲の日本人からも「それでは落書きの意味がない」と指摘されました。代わりに彼らから提案されたのが龍を英語にした「ドラゴン」でした。

しかし、カタカナは私たちにとって書くのが難しく、「トラコン」といった誤字が頻発しました。さらに「ドラゴンは一般的に使われている言葉だからチーム名にはふさわしくないのではないか」という意見もあり、漢字に詳しいメンバーが漢字をあて、「怒羅権」になったのです。実をいうと、「羅」の文字が難しく、最初にこれを見たときは「書けるかな」と思った反面、画数が多くて格好いいと感じたのを憶えています。

最初期の12人は辞めたり、死んだりしていきます。現在も怒羅権に現役で所属しているのはごくわずかです。

変わり始める怒羅権

自衛のためのチームだった怒羅権は、やがて暴走族になり、半グレと呼ばれる犯罪集団へと変化していきます。この変化が起きた時期を明確に区切ることはできませんが、確かに言えることは、私たちは不良になりたいと思っていたわけではないということです。

私たちは毎日のように日本人の不良と喧嘩をしていました。不良文化や暴力と常に近いところにいると、影響を受け、徐々に同化していくのです。

私たちがどのように変化をしていったのか、振り返ってみたいと思います。

怒羅権に起きた最初の変化は、自衛のためだけでなく、仕返しという形で積極的な攻撃を行うようになったことです。

先述の通り、中国残留孤児2世を受け入れていた常盤寮には公衆電話があり、いじめにあった者たちから助けを求める電話が頻繁にかかってきていました。

私たちはそれを聞きつけると相手の学校に乗り込み、いじめをしている不良をやっつけるということをやり始めました。正義の味方のつもりだったのです。隣の中学校、さらに隣の中学校、やがては高校とどんどん対象は広がっていき、地域の中学校・高校はすべて制覇しました。そして、江戸川区の外へも進出するようになります。

　これを私たちは長征（ちょうせい）と呼んでいました。

　最初の長征は足立区でした。

　いま振り返れば奇妙なことですが、片道に３日かかったと記憶しています。江戸川区から足立区ならば、葛飾区をまたいで20キロもありませんから、中学生の足でもかかりすぎです。とはいえ、いつもお腹を空かせていたし、体力もなかったから、道端で休んだり、野宿をしたりしながら移動しなければならなかったのです。

　そうした移動の途中、飢えを凌ぐために盗みを働きました。現在ではあまりみかけませんが、当時はカップ麺の自動販売機がポピュラーで、コツをつかむとお金を入れずに取り出すことができました。それを公園の水でふやかして食べていました。飲食店の軒裏にある業務用冷蔵庫から凍った食材を盗むこともありました。

　助けを求めた子たちに出会うと、彼らは自分たちの窮状を訴えました。毎日いじめられる、学校にいくと机がなかった、つらい、中国に帰りたい、そうした言葉を聞くと激情がこみ上げました。

怒羅権の原動力が、このように不当に扱われた中国残留孤児2世・3世の怒りだったのは間違いありません。しかし厳密に言えば､私を含め怒羅権のメンバーもいじめは受けましたが､自発的に反撃をするようになったので、虐げられていた時期自体は長くないのです。むしろ怒羅権の社会に対する怒りというのは、こうした力のない子たちの気持ちを吸い上げることで強まっていったのだと思います。

喧嘩を終えたあと、私たちが助けたいじめられっ子はお礼として食事を振る舞ってくれました。彼らも豊かではありませんから、ほとんどの場合、炊飯ジャーいっぱいに炊いた白いご飯に、塩などの調味料をかけたものです。それを、みんなで囲んで食べるのです。手づかみで、むさぼるようにいただきました。

大人になっていくうちに、うまいものを食べるようになり、やがては食べ物を残すようなことすら覚えた私ですが､このときに手づかみで食べた塩ご飯の美味しさは特別です｡本当に、本当に美味しかったのです。

初めて人を刺した日

喧嘩を繰り返していると、他人に振るう暴力もエスカレートしていきます。そうした変化を象徴するのが、私たちが１９８８年に起こした集団乱闘事件でした。

その日、私たちは7～８人で江戸川区の競艇場の近くにたむろしていて、空腹を抱えていました。全員の有り金を合わせると１０００円くらいありました。当時の物価でも８人が腹いっぱい食べるのは難しい額です。すると、ある者が「近くに良いパン屋があるから行こう」と言いました。

閉店間際になると、パンの耳を格安で売ってくれるのです。１０００円で、大きな袋２つ分のパンの耳を手に入れました。

大量のパンの耳にわくわくし、どうやって分けようか相談しながら歩いていたときのことです。ある公園に通りかかると、20人くらいのヤンキーがたむろしていて、私たちに絡んできました。後にわかったことですが、彼らは地元で有名な暴走族でした。

絡まれたこと自体は大きな問題ではありませんでした。多人数を相手に喧嘩をすることに私たちは慣れており、8人いれば20人ならば支障なく倒すことができます。ただ、懸念は買ったばかりの大量のパンの耳でした。

相手のリーダー格がこちらにすごんでいる間、私たちは「どうする？」と小声で相談し、「さっさと食べてしまおう」という結論になりました。彼らは驚いたでしょう。因縁をつけた相手が自分たちをシカトしてパンの耳を貪り始めたのですから。

当然のように彼らは激怒し、殴ってきました。血が出ましたが、私たちは食べるのをやめません。彼らはますます逆上し、大勢が入り乱れた乱闘のようになり、気がついたらパンの耳が地面に散らばっていました。

食べ物の恨みは恐ろしいです。

靴で踏まれ、砂利にまみれたパンの耳を見て、私たちは火がつきました。猛烈に反撃を開始し、その勢いに怯えたヤンキーたちは公園の隣にあった自動車の整備工場に逃げ込みました。

私たちも当然追います。相手も応戦をし、私は無我夢中になりました。そのとき私はナイフを持っていなかったので、工場にあったドライバーで相手のうちの1人の腹を刺しました。刺した瞬間のことは今でもはっきりと覚えています。血でぬるぬるになり2回ほどでドライバーを握りしめることができなくなりました。そのとき考えていたことは、ドライバーで刺すことによって相手はひるみ、動きが止まるだろうということです。しかし、相手は勢いそのままに殴ってきます。

　喧嘩を繰り返して学んだことですが、興奮状態にある人間はアドレナリンが大量に分泌されていて、ドライバーで刺した程度ではへっちゃらなのです。もっと刃の厚いナイフで刺し、傷口をぐりぐりとえぐるようにして自分が出血していることに気づかせないといけません。相手を殺すことが目的ではない場合、刺すという行為はあまり有効ではないのです。

　ドライバーで刺した後、喧嘩がどのように終わったか、詳細なことは覚えていません。極度に興奮していたからでしょう。彼らが公園に溜まっていたのは自分たちの単車をこの工場に預けていたからだと思うのですが、工場の中にはたくさんの改造車両が並んでおり、それらを全部ボコボコにしてようやく私たちの怒りは収まりました。

　すぐに落ちているパンの耳を拾い、食べました。それほどに食べ物は私たちにとって大事だったのです。

　しかし、私たちはすぐにこの場から離れるべきでした。

　喧嘩で倒した連中の仲間がぞろぞろと集まってきたのです。その数は１００人近くに及び、囲まれた私たちは固唾を呑みました。この人数ではどうしたって勝てません。

するど、相手の代表者と思しき少年が一歩前へ出て、こう言いました。

「もう喧嘩はよそう」

たった8人で20人を相手に奮闘した私たちを、彼らは認めてくれたようでした。それ以降、このグループとは友好関係を築くことになりました。

その場を離れ、角を曲がったら急に胃が縮みあがり、私は嘔吐しました。１００人近くの不良に囲まれ、下手したら死んでいたかもしれないことへの緊張と恐怖が噴出したのだと思います。

やはり、喧嘩をして負けたあとのことを考えるのは恐ろしかったです。殺されるかもしれない。相手はこちらの何倍もの数だから、何をされるかわからない。

こうした無謀な喧嘩を繰り返して、怒羅権は少人数で多人数を倒す喧嘩を身につけていったのです。

空腹と暴力

怒羅権という居場所ができたことで、自宅や学校には寄り付かなくなりました。寝泊まりをする場所は仲間のアパートや団地の機械室、公園のベンチ、高速道路の橋ゲタの下、ゴミ捨て場などどこにでもありましたが、この時期にもっとも難儀したことは、食べものがないことです。

当時は本当に貧乏で、メンバーみんなが食べるものに事欠いていました。留守にしている家に入り込んで冷蔵庫の中を食べ尽くすということを繰り返しました。しかし、近隣の家はどこも貧乏で、食べ盛りの中学生の集団を満腹にできる備蓄などありません。

溜まり場にしていたとある家では犬が飼われていたのですが、餌の缶詰を食べたこともあれば、その犬まで食べようとしたこともあったほどです。複数人で1個のカップラーメンを分け合い、それがその日の唯一の食事ということも珍しくありませんでした。

この時期、強く記憶に残っているのは食べ物がらみのことばかりです。信じられないような話ですが、フライドチキン1本のために弟が兄を刺すという出来事もありました。

私たちはA君の家をたまり場の1つにしていました。彼の両親は貿易の仕事をしていて、1ヶ月くらい家をあけることがあったので、怒羅権の仲間で転がり込んで、寝泊まりをしていたのです。

あるとき、臨時収入があったのか、仲間の1人がケンタッキーフライドチキンのバケツを差し入れてくれました。私たちにとっては正真正銘のごちそうです。

しかし、問題がありました。1人1本ずつとっていったら、チキンが1本余ってしまったのです。

そんなとき、A君のお兄さんが「じゃあ俺が食べる」と言いました。

ですが、お兄さんは「いいよ、こんなガキ」と聞き入れません。

「半分は弟に食わせてやれ」

同世代の者はこうたしなめます。

A君はどちらかというとおとなしく、あまり喧嘩っ早いほうではありませんでした。

でもこのときの行動にはその場の全員が驚きました。

A君は突然ナイフを取り出すと、お兄さんの胸に突き立てたのです。

ナイフはちょうどお兄さんの心臓のあたりから生えたような形になりました。血が吹き出るわけでもなく、お兄さんは愕然としてナイフを見つめていました。

騒然とし、皆が思い思いのことを言います。「何してるんだ」「病院につれていかないと」、そんな中誰かが「ナイフを抜け」と言ったのを聞いて、私はハッとしました。

これでも医者の息子です。この状態では、ナイフを抜いた方が危険だとわかりました。無造作に引き抜けば、それこそ大量出血してもおかしくありません。慌てて全員を制止し、とにかくお兄さんを安静にさせました。

結局、素人では手が出せず、ぐったりとしたお兄さんを家の外に運び出し、通報しました。そしてＡ君に「知らない人に刺されたと言え」と言い聞かせて、散り散りに逃げました。お兄さんは一命をとりとめ、その後、Ａ君とはうまくやっています。

この一件が示すように飢えると人は攻撃的になります。これは人間の本能なのだと思います。

私も狂犬のように喧嘩を売って回りました。腹が減り、イライラしているところにチャラチャラした食べ物に困っていそうもない不良を見ると激情がこみ上げるのです。「こいつらは金持ちなのに趣味で不良をやっている。許せない」という思いを抱きます。

こうした怒りだけを源泉として暴力を振るっていたのなら、私たちの人生はまた違った形になっていたのかもしれません。しかし、当時を振り返り、私の中で大きな転換点だと感じるのは、暴力は金を生み出すという事実を私たちが学んでしまったことです。

私が初めてカツアゲをしたのは中学2年生のときでした。葛西中学校の近くに葛西橋という橋があるのですが、そこでヤンキーに因縁をつけられ、喧嘩になったのです。

この時期にはもう喧嘩慣れしていたので容易に勝つことができたのですが、問題はその後でした。相手は「勘弁してください」と言って財布を差し出してきました。3000円ほど入っていました。

喧嘩を始めたとき、お金を取る意志なんてなかったのです。喧嘩をすれば何か良いことがあるとすら思っていませんでした。しかし、その3000円で買ったパンは今でも忘れられないほど美味しく、また、ゲームセンターで興じたシューティングゲームは楽しかったのです。パンも、ゲームも、いつもはただ眺めているだけのものでした。

以来、カツアゲが私の収入源になりました。学ランや短ラン狩りをして、その戦利品を売ることもありました。

当時、カツアゲは不良の間では正当なシノギとして捉えられていて、カツアゲの対象とするのも不良だけという暗黙の了解がありました。私もそれを守っていましたが、でも、きっとこの時点で何かが変わっていたのだと思います。

いじめに対する自衛から、お金のために暴力を振るうという行為がどの段階ですり替わったのか、自分自身では正確にはわかりません。しかし、私にとってはこの中学2年生のときの３０００円がスタート地点だったと思うのです。日々食べるものにも事欠き、貧困のどん底にいた私にとっては、それほど強烈な体験でした。

カツアゲや万引きなどの非行は当初は空腹を満たすために行われていましたが、集団で行動するうちにエスカレートしていきます。お金を使う比重は空腹を満たすことよりもモノや遊びに傾き始め、強盗まがいのことや車上荒らしなどの本格的な犯罪を行うようになりました。

例えば、４~５人で深夜のコンビニに行き、大抵1人で店番をしているアルバイトの店員を囲み、威嚇します。そうすると店員は目を伏せ、何も言えなくなります。その後、店の商品を好きなだけ奪うのです。

これをしていた頃、万引きは軟派な連中のすることで、硬派である自分たちはこんなことまでできるのだ、という格好良さのようなものすら感じていました。悪いことをしている自覚はありましたが、せいぜい万引きよりも少し重いイタズラである、くらいにしか考えていませんでした。

しかし現在の感覚で振り返ってみると、これは悪質で、強盗に近い、いや強盗そのものであるとわかります。自分たちの意識が、社会の規範からずれていっていることに当時は気づかなかったのです。盗みで得たお金でサウナに泊まることが私たちにとってなによりの幸福でした。

余談になりますが、住居や食事事情について語ったので、女性との関係についても記しておきたいと思います。

今振り返ると不思議なのは、当時の私たちは女性にモテたことです。乞食のような生活をし、風呂に入っていないからかなり臭かったはずですが、私たちの周りの女性はにおいを気にするそぶりも見せませんでした。10代は最もにおいに敏感だと聞きますが。

こうした女性たちの支援は大きな助けになりました。寒い時期はセーターやマフラー、ジャンパーなどを差し入れしてくれて、怪我をすれば包帯やテーピングを買ってくれたからです。

　また、彼女たちとの交流は日本語を覚えるうえでも役立ちました。しかし、学校のように体系立てて教えてくれるわけではないので、たまにおかしな日本語を使うこともありました。喧嘩のときの脅し文句が女言葉になったりするのです。「殺すわよ」というような。

　つらいことや恐ろしいことが多かったあの頃の中で、朗らかな気持ちにさせてくれる数少ない思い出です。

包丁軍団と呼ばれた理由

怒羅権は「喧嘩が汚い」「タイマンでも金的蹴りなどの反則技が多い」と非難されます。ナイフで相手を刺すことも一切躊躇しないため、凶悪な集団だと恐れられ、「包丁軍団」と呼ばれることもあります。

しかし、刃物を使うのは当たり前のことなのです。

3日も4日も食べないことが珍しくなく、体力がありません。そうした者が喧嘩で生き残るためには速やかに相手を倒す必要があります。つまり、刃物を使うことに限って言えば、凶暴だから使ったわけではなく、むしろ考えた末、生き抜くために使ったというのが正しいのです。

ナイフを使う最大の目的は、血を大量に流させ、相手の戦意を奪うことでした。だから「怒羅権はすぐに刺す」などと言われますが、実は私たちは刺すよりも切ることを優先します。その方が出血は多くなりますが、致命傷になることは少ないのです。

多勢相手の喧嘩で生き抜くにはこのナイフの使い方が生命線だったので、私たちは自分なりに試行錯誤し、多くのことを学びました。

ナイフを選ぶときは、刃の金属が柄の奥までしっかりと伸びているものが重宝されました。コンビニなどで安価に売っているフルーツナイフのようなものはだめです。乱闘の際、とくに学生服のような生地の厚い服を着た相手を刺すと、すぐに折れてしまいます。刃が折れると大抵自分の拳を傷つけてしまうので危険です。

また、ツバのないナイフもよくありません。血は想像以上にすべります。ツバがないナイフで人を刺すと、柄を握る手が前方にスライドし、そのまま刃に触れてしまって怪我をします。

一時期は少年犯罪の象徴のように語られたバタフライナイフは、とくに忌み嫌われました。刃が薄く折れやすいうえ、ツバがないので刺した際に自分の手を傷つけやすい。実用性の面からいえば最悪の武器です。

ナイフの構え方にもコツがあります。日本のヤンキーはナイフを見せて、相手を脅すことを目的としているので、まな板に向かうときの包丁のような持ち方をします。これはよくありません。相手が鉄パイプをもっていたらすぐに叩き落とされてしまうし、ブーツを履いた前蹴りでも落としやすいのです。

私たちがナイフを使う目的は脅しではなく、相手を流血させることなので、なるべく目立たないことを心がけます。刃が自分の体から外側に向くように、逆手に握るのがよい持ち方です。こうするとひと目ではナイフを持っていることがわかりづらいうえ、フックを打つように振るえば、長く深い切り傷をつけることができます。相手を殺す必要があるときは、柄のお尻の部分に手を添えて押し込むようにするとしっかりと深く刺すことができます。

喧嘩の最中、人は無我夢中になり、ちょっとやそっとの痛みでは止まりません。しかし、自分の体から大量の血が流れているのに気がつくと、その目に明らかなおびえが宿ります。アドレナリンがすっと引いていくのが傍目にもわかるのです。そうなってしまえば、相手の戦力はゼロになったも同じです。

怒羅権に与する者と与しない者

怒羅権として活動を続けていると、仲間が増えていきました。私たちが助けたいじめられっ子が、同じような境遇の子たちを助けたいといって参加することもありました。

また、日本人からも参加する者が出てきました。不良には、ファッションとしてやっている者と、不遇な境遇から本当に不良として生きている者の2種類がいます。後者とは最終的に意気投合して仲間になれたのです。

両者の見分け方は簡単で、こちらが暴力を振るった時の反応が違います。ファッションで不良をしている者はすぐに泣きを入れます。一方で、境遇でグレている者は根性があり、殴っても、本気でこちらに向かってきます。派手な殴り合いになるのですが、不思議なもので徹底的に殴り合うと友達になれるのです。まるで少年漫画のようですが、お互い似たような家庭環境だから、共感しあえたのかもしれません。

怒羅権にはもともと明確な組織性も上下関係もないため、仲間が仲間を誘い入れて膨張していきました。これは私たちにとって喜ばしいことでしたが、そうして人数が増えていくといつのまにか残留孤児2世をいじめた者に仕返しをするという活動は影を潜めていきました。

一方で、新たに加わった仲間はヤンキーや暴走族の文化に精通していたため、怒羅権の面々も改造バイクに乗り、暴走族への変質が加速していきます。

当たり前のことですが、中国残留孤児2世・3世が全員不良になっていったわけではありません。進学した者もいますし、立派なカタギの職業についた人が大勢います。

中でも小林という先輩のことは強く記憶に残っています。小林先輩は怒羅権が自衛のための活動をしている時期に最前線で喧嘩をしていた1人ですが、大学に行きたいと当時から言っていました。仲間思いで、アルバイトをしていたハンバーガーショップで廃棄がでると、本当はホームレスが盗み食いしないように殺虫剤を混ぜてから捨てなければいけないのですが、私たちが漁れるようにわざと何もせずに捨ててくれました。

後年、私は刑務所に服役することになりますが、小林先輩とは刑期を終えてから会う機会がありました。彼は犯罪集団になっていった怒羅権を否定する立場でした。

思えば、彼は子どもの頃から行動が違いました。私や仲間が盗みで飢えを満たしているときに、先輩はアルバイトをしてお金を稼いでいました。いじめられっ子を助けるために頻繁に喧嘩をしていましたが、サボらずに学校に行っていました。いまではそれがとても大変な選択であったことがわかります。

怒羅権が不良化していく過程では、普通に生きる残留孤児の友人たちと衝突がありました。彼ら彼女らは私たちに言いました。

「サボりは不良のやることだ」

「中国人から不良がでると他の子も不良だと思われる」

「勉強して、バカではないところをみせてやろうよ」

私たちの言い分もあります。

「学校なんて行きたい奴だけ行けばいい」

「どうせすぐに働かなければならないんだ」

「日本語がわからない自分たちが行って何の意味があるのだ」

同じ境遇で、通じ合っていたからこそ、中国人同士でぶつかりあったときのストレスは凄まじく、私は加わっていませんが、乱闘になって死者が出たり、家を襲撃して殺してしまうという事件もありました。

みな中国から連れてこられ、家が貧乏で、学校ではいじめられることが多かったのに、生き方は大きくわかれていったのです。

その理由をいまになって考えてみると、家庭環境がとても大きなものだったと思います。家に両親が揃っていて、円満な関係を築いていれば、学校でいじめられても貧乏であっても自分の居場所はあります。しかし、怒羅権として反抗する生き方を選んだ者は総じて家庭環境が良くありませんでした。片親だったり、親が長期間家をあけることが多かったり、私のように継母に馴染めなかったりしました。

家はいわば、最後の居場所なのだと思います。それがなかったからこそ、私たちは反抗という道を選んだのではないかと思うのです。

学校でいじめられ、それでも正義の味方がいるはずだ、と信じてすがった先生たちからは無視されたり、不公平な扱いをされたりするのです。そんなとき、親というのは最後の希望です。そんな親がこちらを見てくれない、親に見捨てられたと感じた子どもに残るのは何か。

絶望なんてシャレた言葉ではけっしてありません。ただの虚無感です。

それを抱いた子どもはまず家にとじこもり悩むわけです。やがて自家中毒のようになり、無理矢理にでも行動を起こすようになります。それが非行です。社会は非行を認めないかもしれません。しかし子どもにとって非行を通じて得た仲間というのは救いなのです。

結局の所、私が言いたいことは、私たちが特別だったということではありません。私たちのとった行動は自分たちの帰属意識を満たすためだけのものだということです。つまり、非行に走って暴走族になるのも、会社に入ってサラリーマンになるのも本質的には変わらない行動だということです。

第3章　荒れ狂う怒羅権

ターニングポイント

90年代になると怒羅権はさらに過激化していきます。パトカーや交番に放火したり、警官を襲って拳銃を奪おうとしたり、ヤクザ事務所を襲撃したりといった事件を起こすようになりました。

その行動原理の根底にあったのは警察やヤクザに対する敵対心です。

私たちがそうした心情を抱く契機となった象徴的な事件が2つありました。

1つは1989年の「浦安事件」です。

5月28日未明、怒羅権のメンバーの1人が市川スペクターという暴走族のメンバーをナイフで刺し、殺してしまいました。

当時は暴走族の対立が激しい時代でした。首都圏東部では浦安ナンバー1、アイ・シー・ビー・エムグループ、市川スペクターなどのチームが乱立し、覇権を争っていました。

事件の日、浦安ナンバー1が市川スペクターに襲撃されるという噂があり、怒羅権のメンバー8人が事の顛末を見届けるため、浦安ナンバー1がたまり場にしているボーリング場にいきました。理由は定かではありませんが、そこで市川スペクターのメンバー数十名に襲撃されたのです。

相手を刺殺してしまったB君は、集団で羽交い締めにされ、鉄パイプで殺されかけたと裁判で証言しました。なんとか逃げようとしましたが追いつかれ、闇雲にナイフを突き出したところ、相手に致命傷を与えてしまいました。

私はこのとき中学3年生でした。実はたまたま現場の近くにいて、無数のパトカーのサイレンを聞き、かけつけたのですが、そのときには全てが終わっていました。

私たちの言い分としては、B君は正当防衛です。ナイフはたしかに問題ですが、相手は圧倒的な多勢ですから、そうでもしなければ殺されていたでしょう。しかし、B君は逮捕され、殺人、殺人未遂、盗み、銃刀法違反で少年院送致が決定しました。

怒羅権の多くの者が憤りました。非常に不公平な判決と感じたためです。

最終的には弁護団の努力によって正当防衛が認められ、B君は無罪となりましたが、私たちの境遇や心情をまったく汲み取らずに不当な刑罰を押し付けてくる警察と司法に極めて強い不信感と怒りが生まれました。

もう1つの大きな転換点が同年8月の通称「朱金山事件」です。

その日、1人の仲間がヤクザに殺されました。

殺されたC君は怒羅権から足を洗っており、普通の職について真面目に働いていました。久しぶりに私たちに会いに来てくれて、給料で焼き肉をごちそうしてくれることになっていました。

その焼肉店はヤクザが経営していました。店内にいたヤクザ3人に因縁をつけられ、乱闘になりました。その渦中で、C君はよってたかって押さえつけられ、呼吸ができなくなり、命を落としたのです。

ヤクザに対する怒りもありました。しかし、警察と司法の対応も納得できるものではありませんでした。司法のくだした結論は、ヤクザがC君を押さえつけたことと、彼が命を落としたことには因果関係がないというもので、ヤクザが罪を問われることはなかったのです。

私たちが不良だからでしょうか。私たちが中国人だからでしょうか。それがC君の死の理由になるのでしょうか。警察やヤクザといった強き者が行った私たちに対する理不尽は、私たちが日本の中学校で直面したいじめと重なりました。

とくに警察に対する怒りは凄まじいものでした。マスコミには出ていませんが、当時は警察の不当な暴力で命を落とした仲間が少なくありません。集会のときに、バイクの車輪に警棒を突っ込まれて転倒して死んだ者、自動車で走行中に警棒で窓ガラスを割られ、衝突事故を起こして死んだ者など、いくらでも挙げられます。警察の中には私たちのような外国人を無条件で差別する者が当時珍しくなく、私たちは人間扱いされていなかったのです。

そうした理不尽に対する怒りはまもなく暴力という形で結実し、90年代に入ると怒羅権は社会問題となるほどの凶暴性を帯びていくことになるのです。

怒羅権伝説の誕生

警察を襲撃というと、あまりにも反社会的であるという印象を抱くかもしれません。しかし、怒りに突き動かされた私たちにとってそれは自然な成り行きでした。先述した朱金山事件以後、みんなが一斉に警察を襲撃し始めたのです。

一度行動を始めると、集団心理が働いてどんどん過激化していきます。「あいつらがパトカーの窓を割ったらしい」と聞けば、「俺たちは交番を襲って拳銃を奪おう」といったように、どんどん行動はエスカレートしていきます。そこには躊躇も、恐怖心もありませんでした。

私も仲間5人で江東区の深川警察署に放火しにいったことがあります。火炎瓶を積んだ原付きバイクを走らせ、警察署が目前になったら飛び降りる計画でした。

私たちのイメージとしては、そのまま映画のようにバイクが走っていき、警察署に衝突して爆発するというものでしたが、実際はうまくいきませんでした。

飛び降りたときにバイクも転倒してしまいました。火炎瓶が割れ、バイクは火だるまになりながら道路を滑っていきました。立ち番をしている警官からすれば、火だるまになったバイクと少年が転がってくるのですから、さぞ驚いたことでしょう。

敵対する暴走族やヤクザとの抗争もこの時期を皮切りに苛烈なものになっていきます。怒羅権は少しずつメンバーが増えていましたが、全盛期の規模には達していませんでした。それでも喧嘩をした相手は、数千人は下らないでしょう。

私たちは徹底的に暴力をふるいました。そのため、怒羅権はよく根性があると言われますが、違うのです。根性がないから、怖いから、暴力をふるうのです。とことん恐怖心を植え付け、復讐しようなどと決して思わないようにしなければ、こちらが殺されます。

私たちがいたのは残虐でなければ生き残れない世界でした。私たちは異端者として差別され、社会にも守ってもらえないことは浦安事件や朱金山事件で思い知っていました。

私たちが大怪我をすることも珍しくありません。病院にはいけないので、自分たちで治したものです。ナイフで割かれた腹や腕を縫い、ワンカップ大関で消毒したこともあります。

そんな中で私は一応医者の子でしたから、衛生兵を自負していました。怪我人が痛がって治療できないとき、まず私を殴らせます。口の中が切れて血が出ます。その勢いで処置をします。痛いとは言わせません。私も痛いのですから。

この頃、ある暴走族との抗争で両腕を折られる大怪我をしたことがあります。このときは流石に病院にいきました。骨が割れ、皮膚から飛び出していて、とても素人では無理だったからです。

医者は驚いていました。そして、こんなことを言いました。

「なぜ君のようなまじめそうな子がこんな怪我をするような喧嘩をしたのか」

私はまじめそうな風貌だったのでしょうか。そのときの私は胸中で、この医者をあざ笑っていました。「こんな連中が俺のことなど理解できるはずがない」と考えていました。このときは家族に知らせが行きましたが、父は何の反応も示しませんでした。

傷が治ったらすぐに復讐しました。15人で40~50人の相手チームを鎮圧し、土下座させ、1人ずつ木刀で腕を折ります。肋骨は6本ずつ折りました。歯や指も折ります。拉致して橋から河に投げ落としましたし、彼らの車は燃やしました。ヤクザが出てくれば相手の顔に任侠映画のような傷をナイフでつけ、事務所を全壊させました。

この時期の狂乱が、現在も語られる怒羅権の伝説のスタートだと思います。私が刑務所にいた頃、よく同室のヤクザからは修羅場をくぐった武勇伝を聞かされましたが、すべて可愛いものでした。

拡大する怒羅権

こうした抗争に明け暮れていた90年代前半が怒羅権の全盛期でした。私たちは怒りに任せて暴れていただけですが、やがてそれを格好いいと思う人々が出て、メンバーがどんどん増えていきました。残留孤児もいましたし、日本人もいました。

全盛期のメンバーは８００人くらいに達しました。３０００人いたという噂がありますが、それは正しくありません。

正直に述べると、これほどの規模になると実感が伴わず、大きな感慨はありませんでした。私を含めた古参の中核メンバーには、家族のようなとても強い結束がありましたが、末端の者のことなど知らないのです。各支部にボスがいて末端の者をまとめていますが、葛西の人間は池袋の下の者を知らないというように、関わることがありません。

そうした複雑な関係性を象徴する話として、人数が膨れ上がっていった時期に、名簿をつくろうという動きがあったのですが、数が多すぎて頓挫しています。

連絡網らしい仕組みとしては、留守番電話をつかったものが唯一存在しました。留守番電話は機種によっては、外から電話をかけて暗証番号を打ち込むとメッセージを聞くことができます。暗証番号をメンバーに配ることで、「誰々が逮捕された」「何月何日に誕生パーティーを行う」といったメッセージの共有をできるようになっていました。

怒羅権拡大の拠点になったのは、池袋にあった文芸坐という映画館でした。普段はアングラ映画がかかっているのですが、年に一度、中国映画祭をやっており、都内の残留孤児の集いの場になっていました。そこで都内各地からやってきた中国残留孤児2世が出会い、ときに喧嘩をし、ときに意気投合をし、怒羅権へと合流していったのです。

怒羅権は葛西で誕生したので、総本部は葛西怒羅権と呼ばれますが、90年頃の府中怒羅権や八王子怒羅権の誕生は、この映画館がきっかけでした。

現在も怒羅権は警察に潰されずに残っていますが、それはゆるやかな横の線で繋がった組織だからだと思います。巨大な怒羅権の中に10人から30人くらいのグループがいくつもあるという形でした。

普通の暴走族は確固たる上下関係があり、縦でつながる組織です。そのため警察が組織を壊滅させようとするとリーダーを逮捕します。しかし怒羅権は、メンバーの誰かが攻撃されたら助けにいくという原則だけがずっと存在しており、リーダーの命令で行動するのではなく、すべて自発的に動く集団なので、そうした方法は効果がないのです。

残留孤児の特権があり、強制送還できないから壊滅させられないと言われることもありますが、それはデマです。

ヤクザと怒羅権の関係

怒羅権はヤクザへの襲撃を繰り返していましたが、92年頃になると両者は癒着するようになっていきました。いわば、協力体制を築くようになったのです。

主な理由は2つあります。

1つは怒羅権の主要メンバーの引退です。日本の暴走族は18歳で卒業するというルールがあり、怒羅権もそれに則りました。卒業した面々はOBと呼ばれます。しかし足を洗うわけではなく、怒羅権としての活動を続け、マフィア（半グレ）化していきます。中には組に所属する者も出てきました。

肝心なことは、彼らはOBであっても怒羅権の核であり続けたことです。一方で、暴走族として活動する下の世代とは関係が切れていったため、マフィアとしての怒羅権と暴走族としての怒羅権は分かれていきました。

もう1つはヤクザが人材を求めていたことです。怒羅権は横のつながりが強く、1人が声をかければ50人でも100人でも応援に来てくれます。つまり怒羅権のメンバーを組に入れれば、組織犯罪に必要な人材が容易に確保できました。

こう語ると、怒羅権がヤクザを襲撃していた事実と矛盾するように聞こえますが、ヤクザ自体が一枚岩ではなく、怒羅権と持ちつ持たれつの関係をもつ組もあれば、敵対する組もあったというだけの話です。当時、住吉会や山口組など大手の組のほとんどには怒羅権のメンバーがいました。

事実、私も17歳からある組に所属していました。

怒羅権が誕生したときに暴走族になりたかったわけではないように、ヤクザになりたいわけではありませんでした。しかし、組事務所には温かい食事があり、ベッドがあって、組員には「寝るところがなければ遊びに来い」と誘われます。当時、盗みをして得た金でサウナに泊まることが唯一の幸せだったような私ですから、布団の上で眠れるというのは幸福で、出入りするうちに仕事が与えられるようになり、部屋住みという形になったのです。

怒羅権がヤクザと協力関係になったのは、私のような二足のわらじを履く者の手引きも影響していました。

当初はヤクザの依頼で誰かを殴ることでお金をもらうといった関係でしたが、やがて組織犯罪に関わるようになります。

代表的なものは裏ロムの出し子です。深夜にパチンコ店に忍び込み、基盤に細工をし、昼間に客になりすまして金を回収します。1日100万円くらいの利益になります。偽造テレフォンカードの売買もこの時期は儲かるシノギでした。

怒羅権の現役世代はバイト感覚でこうした犯罪に手を染めていきます。

ヤクザの腕を日本刀で切り落とす

少し話が前後しますが、90年、私が18歳のとき、同僚のヤクザとトラブルになり、私が少年刑務所に収監される事件がありました。

当時、私は怒羅権とヤクザを両方やっていました。この頃、私の反社会性は相当なものだったと思います。毎日殺し合いのようなことをしており、人を傷つけることにまったく抵抗がなくなっていました。そしてある日、私のカネを盗んだ1人の組員の腕を、日本刀で切り落としたのです。

経緯を振り返れば、原因の大部分はその男にあります。

カネを盗まれた際、組長が仲裁に入り、「許してやれ」と命令されました。従うほかありません。しかし、男は組長たち幹部が事務所から帰ったあと、「お詫びがしたい。飲みにいこう」と言います。嫌でした。

カネを盗まれた怒りは収まっておらず、男を許したのも組長がそう言ったからです。しかし男は「わびを受け入れてくれないと同じ組でやりづらい」などとごね続け、結局その男と組長の息子、舎弟1人の4人で飲みに行きました。

しばらく酒を飲み、会計は十数万円になっていました。すると男は「カネがない。つけにしておいてくれ」と言い始めたのです。

その店は別の組の直営店で、私の顔ならばたしかにつけにできました。しかし、それはあくまで私と彼らの信頼関係によるものです。さらに、つけにするのであれば、事前に伝えておくことが最低限の礼儀です。つまり詫びをいれたいと飲みに誘ったこの男がカネを持ち合わせていないことは許されないことでした。

とりあえずその場は皆でカネを出し合い、残りは月末に支払うと約束して店を後にしましたが、私の怒りは再燃していました。そして、エレベーターの扉が閉まると即座に男の腹を蹴りあげました。顔を狙わなかったのは、組長に許してやれと言われた手前、ぼこぼこにはできなかったからです。

不快な体験でしたが、それで終わるはずでした。ところが、事務所の若い衆が寝泊まりする部屋に戻ったときのことです。

男はしつこくぶつぶつと何かを言っており、そのうちの一言が私の耳に届きました。

「ゾクあがりのヤンキーが。調子に乗るな」

今度こそ顔面を殴りました。たくさん鼻血が吹き出し、床が汚れました。男を殴ったとき、私は逆上していましたが、血を目にしたことでむしろ冷静な思いが頭をよぎりました。

「こんなに出血したのでは組長たちにバレてしまう。どうせバレるのなら一緒だ」

木刀があったので男を何度も殴りました。

観光地に売っているような安物ではなく、しっかりとしたつくりのものでしたが、やがて折れてしまいました。

顔からの血は止まらず、床がさらに汚れてしまっていたので、私は「もう駄目かな」と思いました。そして舎弟に男の体を押さえさせ、事務所に走りました。そこには日本刀が美術品のようにショーケースに飾られています。ケースを割り、刀をもって戻りました。

舎弟に男の腕を押さえさせ、二の腕のあたりに刀を振り下ろしました。骨はきれいに切れましたが、胴体側の腕の腱を断ち切ることはできなかったようで、ぎりぎりで腕はつながっていました。腱の張力がそうさせたのでしょうか、ちょうど『おそ松くん』の「シェー」の形に、腕が跳ね上がりました。切断面からはホースで水をまくように大量の血がでていました。

その様子を見て、「これは死ぬだろうな」と思い、舎弟に首を掴んで固定するように指示しました。舎弟は「首を切るんですか」と怯えたような声で尋ねるので「切る」と答えました。

その場には組長の息子も残っていて、2人は愕然とした表情を浮かべていました。

思い切り日本刀を振り下ろすと、ガツンという手応えがして、刃が首の骨と骨の間に挟まるようにして止まりました。腕を切った時の脂で切れ味が鈍っていたのと、首というのは想像以上に切断しづらい構造であることが問題のようでした。

今度はテーブルに頭を押し付けるように固定して、もう一度刀を振りおろそうとしました。事務所のドアが開いたのはそのときです。組長や幹部たちが部屋に飛び込んできて、私は組長に蹴飛ばされ、数メートル吹っ飛びました。そして何人もの男たちに羽交い締めにされたのです。

この組では、電話のワンプッシュで組員全員に緊急連絡が届く仕組みがあり、状況をまずいと思った組長の息子が連絡をしていたようです。

結局、私が起こしたこの事件で組長を含めた十数人が逮捕され、私も指名手配されました。私は逃げ切る自信がありました。もともと橋の下などで寝泊まりしていた根無し草です。交番の襲撃などの事件も多く抱えていたので慣れていました。しかし、組からは自首しろと言われます。上部団体から圧力がかかっていたようです。出所したら幹部にするとも言われました。

私としては、自分はヤクザに向いていないから幹部になどなりたくないと考えていました。もともと学校の画一的な圧力が嫌で不良になった身です。灰皿のマナーやお茶の出し方など、決まりごとが数多くあるヤクザの世界はそれよりもはるかに厳しく、私にとっては馴染むことのできない世界でした。

しかし、最終的には説得に応じ、弁護士とともに警察署に出頭することになりました。

少年院　現実が見えていない大人たち

少年院での考査期間中はいろいろな意味で不安でした。少年院がそもそもどのようなところか知りませんし、相手の出方がわからなかったからです。入所から10日ほどは単独寮で、延々と作文を書かされました。内容は反省や更生の決意、自分自身の内観などについてだったと記憶しています。

考査期間が終わると、6人部屋に移されました。そうした部屋が5、6室ありました。この部屋で寝泊まりすることになり、食事や勉強、テレビの視聴はここで行われました。

朝7時ごろに起床し、身支度をしたら朝9時頃から教育活動が始まります。義務教育で教えるような科目や、職業訓練、体育のような時間もありました。途中に昼食・休憩をはさみ、夕方までこれが続くというのが1日の流れでした。

教育活動はホールで行われます。理由はただ1つ。監視しやすいためです。少年には1人ずつ担当の先生がついており、生活態度に何か問題があれば申し送りで報告されたり、個人ファイルに記入されたりするのです。

担当の先生は3部か4部制のローテーションで勤務しているようで、少年たちは自分の担当が出勤している日は緊張していました。

怖かったわけではありません。一段と演技力に磨きをかけなければならない日だからです。イメージを良くし、評価を上げてこの生活を脱出するためには、先生たちの目の前で良い子になるのが一番効果的であることを少年たちは知っているのです。

少年院の暮らしでもっとも痛感したのは、ここの大人たちでは少年を更生させられるわけがないということです。彼らの社会の認識はかなりズレています。

説明しておきたいのは、少年といっても、私が入所した少年院にいたのは18、19歳の者がほとんどだったことです。数年ヤクザとして生きてきた者もいます。担当の先生は30代がほとんどでしたが、ある種の人生経験においては少年たちの方が豊富でした。

まず言えるのはセックスの経験は不良と公務員では比べ物になりません。

お金もそうでしょう。1000万円単位の取引をしていた者もざらにいました。マイホームを買えるかどうかという年齢の先生たちでは、まず見たこともないはずの金額です。覚醒剤やシンナーなどの売人をしていれば月収100万円ということもあり、夜の街ともつながりは深いですから、先生よりも世間の裏側をずっと知っています。

それに、社会の不条理や命の危険に普通の人よりも何倍もさらされてきています。つまり、少年院という場所は、何も知らない公務員が、人生の快楽と苦しみの多くを知った少年たちに指導するのです。先生の意見が的外れであるのは当然のことでした。

象徴的なのは、彼らはすぐ「なぜ親に相談しない」「なぜ先生に相談しない」ということです。大人に頼れば問題は解決するという「大人万能論」を吹き込もうとするのです。

しかし、非行に走る子どもたちは、そうした大人との軋轢で社会からドロップアウトする場合が多いのです。最も信用できないのが大人なのですから、そんな相手に相談する者はいません。それに不良の世界では相談とは密告と同義です。私たちの生きてきた世界のルールをまったく無視している人間の言葉が響くはずがないのです。

結局、少年院で実施されるのは更生プログラムではなく、人格破壊と洗脳であったと思います。私たちが聞かされたのは「親の言うことは全て正しく、君たちの主張は全て間違いである」という否定です。親と子が確執を起こした場合、必ず悪は子であるという図式でした。そこに少しの疑問を抱くことすら許されず、疑問を抱くということは反抗である、すなわち更生の意欲がないのだと見做されていました。子どもには人権はなく、ひたすら親の言うことを聞き、服従することのみが義務という論調です。

それはつまり、親に殴られたら、子を思う親の愛情と受け止めなければならないということです。こちらの都合はまったく重要ではなく、殴られる側に原因があり、ひたすら自己批判するのが正しいと。

現実を無視した物言いではないでしょうか。反省しようと頑張っても、それが納得できないものであれば反省しきれるものではありません。そこを無理に押さえつければ、最後には感情が爆発するようになります。

出所することを退院と呼ぶ少年院では、早く出たければとにかく感情を殺し、イエスマンになること、悩みを他人に話さないこと、院内の先生たちの言動に対して無条件の賛成と服従を示すことが唯一の道でした。

喧嘩をすればもちろん退院が遅れますが、私の場合、その喧嘩さえしていないのに誰よりも退院が遅れました。要は、彼らのやり方に染まらなかったということで、私はこれを自慢に思っています。

出所、再びヤクザに

少年院を出たのは20歳のときでした。更生はまったくしていませんでしたが、少年院で唯一ためになったのは勉強をする時間がとれたことです。中学校で授業を受けたのは合計で3～4ヶ月と、まったく教育を受けていなかったと言える私ですが、少年院で試験を受け、中学卒業の資格をとることができました。

また、電気関係の勉強ができたのも収穫になりました。電気屋さんは子どもの頃にあこがれていた職業のひとつです。腰に色々な工具をさしているのが格好いいと思っていたからです。

私はまず組に戻ろうとしました。しかし、親兄弟からは真面目になれと助言されました。そこで電気関係の知識を活かし、建築関係のカタギ仕事を1～2年しました。しかし当時はバブル崩壊で不況になりつつあり、働いていた会社も潰れてしまいます。生活が破綻し、やはり私はヤクザになりました。

ある日、組の人間からポーカー屋を管理しないかと持ちかけられました。当時はポーカーゲームが全盛期で、組としてもかなり儲かるシノギだったのです。これは私にうってつけの仕事でした。管理の仕事は主に集金や帳簿計算、ポーカーゲーム台の修理などです。私は数字に強かったうえ、電気関係の知識も役に立ちました。

思い返せばこの組にいたときに現在の私の礎が築かれたのだと思います。発端は組長の言葉でした。彼は「日本で生きるのは大変だったんだろうけど、そのハングリー精神はいい方向に使え」と言って本を読むことを勧めてくれました。

「この社会で生きていくには学歴じゃなくて知識だ。お前らは何も知らないままただの犯罪集団で一生終わるぞ。お前の親も私も時代のせいで苦労してきたけど、それで一生を終わらせてはダメだよ」

彼は在日韓国人で、大学キックボクシングの学生チャンピオンにもなったことがありました。すごく強く、それでいて頭が回る人物で、彼の助言は重く響きました。

組の事務所で仕事をする合間をぬって、読書をするようになりました。人生で一番勉強した時期でした。これ以降、刑務所に収監されたり、ボランティア団体を立ち上げたりしますが、このときに身についた読書の習慣は人生を考えるうえでとても大きな影響があったと思います。

組織としての怒羅権

私は現在、メディア取材を受けることが増え、怒羅権の実態がどういうものかという質問をよくされます。そうした質問をする方は、たいていボスがいて、ナンバー2がいて、上納金制度があって、という暴力団のような階層的な組織図をイメージしているように思います。

しかし、怒羅権は「ゆるやかなつながりのチーム」と先述したように、そのような確固たる組織図は存在しません。

確かにリーダー格の者は存在しますが、それぞれのメンバーはバラバラに好きなように活動しています。都市ごとに集団が分かれていますが、それぞれのグループに上下関係はありませんし、グループの内部でも上下関係は希薄です。

この関係性を表現する一番適切な言葉は「家族」だと思います。

家族には家長がいて、子どもがいて、というように見かけのうえでは上下関係がありますが、下の者が上の者に絶対服従というようなルールはありません。お互いに親愛の情を抱き、尊重し合う一方で、意見が異なれば話し合いをしたり、独自の判断で行動したりするでしょう。

怒羅権も同様で、暴走族時代の習慣で年上の者を先輩と呼びますが、基本的には横並びで、命令に絶対服従するというようなルールはありません。現在は組織として大きくなりすぎたため若い者はリーダーたちに対して気楽な呼び方はできませんが、近い間柄なら昔からリーダーに対しても呼び捨てでした。

つまり、メンバー同士の結びつきはひとえに絆によるものなのです。その絆は、社会全部が敵であるかのような境遇や、生きるか死ぬかの乱闘の日々をくぐり抜けることで培われたものですから、非常に強固です。だからこそ、家族が苦難に見舞われれば誰だって理屈抜きで助けるように、怒羅権のメンバーが助けを必要としていれば私たちは全力で助けるのです。

90年代になって怒羅権は犯罪集団として社会から注目されますが、この犯罪集団という言葉も、怒羅権の実態をわかりづらくしていると思います。

犯罪集団というと、組織ぐるみで犯罪を行い、各人がそれぞれの役割を担い、犯罪の利益を全体で共有するというイメージがあります。怒羅権にはこうした構図は当てはまりません。各人がそれぞれ自分のシノギを持っているというだけです。

これも家族の関係に似ています。兄弟がいたとして、それぞれ別の仕事をしていればお兄さんのしていることに弟が首を突っ込むことはあまりないでしょう。

この構造は、怒羅権が現在まで存在し続けている理由の1つでもあります。

犯罪集団を潰すとき、警察はトップを摘発します。例えば暴力団はトップがいなくなると即座に不安定になり、分裂したり、解散したりします。それは1人のトップが求心力を発揮して、周囲の者はそのトップのために尽くそうというピラミッドのような構造になっているからです。怒羅権はあくまで横並びなので、これまで何度もリーダー格と呼ばれる者が捕まりましたが、存続しつづけるのです。


では、怒羅権が組織的に行動するケースとしてどんなものがあったのでしょう。

忘年会や新年会、メンバーの誕生会は、自分の存在感を示すための大切な行事でした。とくに誕生会は重視されます。そこでどれだけのプレゼントを用意できるかが実力の証明であり、メンバーへの親愛の証とされます。

怒羅権に上納金制度はありませんが、個人が自発的に組織にお金をいれることもよくありました。シノギがうまくいくと、自分の実力の証明としてそうするのです。結果として、一時期は本部（葛西）に数億円のプール金がありました。

ただ、こうした組織として持っているお金は現在ほとんどないと聞いています。日本である事件に関わったメンバーが海外に高飛びしたのですが、そこでも犯罪を犯し、死刑判決を受けました。その求刑を覆すために膨大な賄賂が必要になり、プール金を使い切ってしまったのです。

もう1つ、暴力団のような組織と大きく違うのは、メンバーが逮捕されたときの対応です。暴力団は「刑務所にいって出てきたら悪いようにはしない」というように「先」のことを見据えた対応をします。私たちはこうした考え方はせず、「今」をもっとも重視します。

逮捕されたということは、その人は今もっとも困っているはずだから、手持ちのお金から最大限の金額を渡すのです。それこそ、５００万円、１０００万円という単位です。

暴力団は、関係者が刑務所に入ると「出所したときにどれほど力があるか」を考えて付き合い方を整理します。幹部になることが約束されている人ならば関係を続けるでしょうし、落ちこぼれていくようなら頼られても困るから距離をとります。

もちろん中国人だって打算的な部分はありますが、今この瞬間の絆を大切にする精神があるため、その人が出所した後にカタギになろうが、出世しようが関係ありませんし、カタギになっても仲間としての付き合いは続いていきます。

怒羅権は日本人がイメージする犯罪組織とはまったく違う構造なのです。

怒羅権のシノギ

怒羅権メンバーのシノギは、ミカジメや薬物関係、債権回収、詐欺、人身売買など、多岐に亘りました。その手口や詳細は人によって異なるのでここでは触れませんが、私自身のシノギについてはいくつか語りたいと思います。

先述の通り、私は怒羅権とヤクザの二足のわらじを履いていました。ヤクザとしてのシノギとは別に、怒羅権として事務所破りと詐欺、風俗店経営などをしていました。

事務所破りの一部始終は、例えば次のようなものです。

あるとき、東京から3時間程のところの都市に、私とヤンさんと日本人の運転手Hさんの3人で行きました。午後9時頃から仕事を始めました。ちょうどオフィスから人が居なくなる時間帯で、町にはまだ人出がありますが、サラリーマン風のスーツを着れば目立つこともなく、ごく自然にオフィス街を物色できるのです。

とあるマンションの管理室にピッキングで侵入しました。そして、まもなく机の引き出しから駐車料金を管理する銀行口座通帳を見つけました。さらに奥の休憩室からは、無防備にも暗証番号の付箋が貼られた10枚近くのキャッシュカードが見つかりました。

通帳をチェックしてみると、残高の合計は２００万円程。運転の報酬としてHさんに５万円、ATMで現金を引き出す役割のヤンさんには50万円、残りの約１４０万円が私の取り分となります。しかし、これでは少なすぎます。結局、カードだけを抜き取り、侵入した痕跡を消し、ピッキングで再び施錠して次の現場に向かいました。

次に侵入したのは立派な自社ビルをもつ建材屋でした。社長室は豪華な応接セットや調度品で埋め尽くされていましたが、経理の書類は見当たりません。社内を捜索していくと、卓上にスタンプ台や電話が置いてある、ひと目で経理担当とわかる机を見つけました。近づくと、机の脇に高さ1メートルほどの据え置き金庫があることに気づきました。

ヤンさんが経理の机を物色し始めます。ヤンさんはまったく日本語をしゃべれませんが、盗みのプロです。通帳と小切手と手形を見分けることに長けているうえ、物色した痕跡を残さない訓練も受けています。私たちは忍び込んだ会社の机で書類を偽造することがたびたびありますが、彼は1ミリもたがわずに卓上の備品をもとの配置に戻せる慎重さと記憶力をもっています。

ヤンさんが狙っていたのは通帳、小切手、手形、さらに金庫のダイヤル番号でした。経理業務をするうえで、必ず金庫の周りにカギもしくはダイヤル番号が隠されていることを、私たちは知っています。

残念ながらカギもダイヤル番号も見つけられませんでしたが、この会社にとっても不運がありました。それはこの金庫の錠前がピンタンブラー錠の中でもアンチピック仕様ではない、簡単に開けられるタイプだったことです。

私がピッキングを開始してわずか1分程で、錠前にかけたテンション（ピッキングツール）から手応えを感じました。ヤンさんにＯＫのサインを送ると、彼はニコっと笑ってそばに寄ってきました。金庫を開き、物色を始めました。

金庫を物色するときに欠かせないのはダイヤル番号を解析することです。これがわからないと金庫を締めることができず、犯行が発覚しやすくなります。

金庫扉の内側の板を外してダイヤルを覗き込むとすぐにわかったので、携帯電話のメモ帳に控えました。慎重に作業を続け、30分もかかってやっと現場から出ることができました。

盗み出したのは合計３冊の通帳と何枚かの書類です。

通帳の残高は１つが1億円以上、残り２つは２０００万円未満でした。

書類は銀行で預金を払い戻すときに提出する払戻請求書です。口座名義人のゴム印を押してあるものと、押していないものをそれぞれ数枚盗みました。

また、そのゴム印をただ押してあるだけのメモ1枚も確保しました。これがあれば簡単にゴム印を複製できます。本来、銀行印さえあっていれば預金は引き出せますが、この会社はゴム印を常用しているように思えたので、銀行から不審がられるのを警戒してのことです。

ピッキングで金庫、机、そして出入口の錠を施錠して、残業上がりの従業員のように堂々と正門から表に出ました。東京へ戻る道中、40代の男性Sさんと30代の女性Kさんに預金の引き出しを依頼しました。

翌日、午前8時に出社があると見越して、午前7時30分に我々3人は再びその会社へ行きました。犯行が発覚したのかを確認するためです。会社の前は静かで、パトカーの姿もなかったので安心しました。

その後、合流したSさんにさっそくA銀行に行ってもらい、口座Aから500万円を引き出してもらいました。銀行印はみつからなかったので、偽造したものを使うことになりましたが、若い女性行員は目だけで確認し、真贋を疑うよりも仕事を迅速に処理することに気をとられ、とてもスピーディーに現金をさし出してくれたそうです。

これで気をよくした私たちは、Ｓさんに別の支店で口座Ｂから８００万円を引き出してもらいます。そうこうするうちにＫさんが到着したので、会社員に扮して口座Ｃから１０００万円を引き出してもらいました。

銀行側の記録によると最終引き出し時刻は午前11時5分なので、昨晩から数えてわずか14時間で我々は２５００万円の犯罪利益を得たことになります。さらにこの日の夜、再び同じ会社に侵入し、５００万円を引き出した口座Ａの通帳を金庫に戻し、内部犯行を装う工作をし、翌日になって再び口座Ｂから１０００万円、口座Ｃから１８００万円を引き出しました。

このようなことを繰り返して、私は数年の間に10億円近くを稼ぎ出しました。

当時の私は非常に羽振りがよく、高級ホテルを泊まり歩き、「会社経営者」の肩書でレストランに出向き、数十万円のワインを次々と開けたものでした。友人の子どもの誕生日に遊園地を借り切って遊んだこともあります。とにかくカネが入ってくるので、万能感に満ちていました。

ピッキング名人

事務所破りを立て続けに成功させられた要因の1つに、私のピッキング技術があると思います。

そのような技術をどのように身につけたかというと、当時は営利誘拐をよくやっていたので、同じ要領でまず「車の鍵が壊れた」と言って鍵屋を呼び出し、銃を突きつけてさらったのです。そしてアジトに監禁し、「お前がもっている技術をすべて教えて欲しい」と頼みました。この際、「1週間だけ時間をやる」と伝えたのですが、人というものは命の危険を前にすると死にものぐるいになるもので、彼は本当に熱心に解錠技術のすべてを教えてくれました。

彼がいうには、私は才能があるとのことです。

確かに、ほとんどの鍵は数分で開けられるようになりましたし、鋼の板と糸ノコギリ、サンダー（研磨機）さえあればどんな鍵でも複製することができました。

後に私は逮捕されることになりますが、私の技術に警察や刑務所の技官たちは舌を巻き、「校長」というあだ名をつけられたほどです。犯罪の校長ということですから、名誉ある呼称とは言えないかもしれませんが。

どんな鍵でも開けてしまうので、刑務所の職員たちは私を非常に警戒していました。一度など、警察署の武道場を借り切って、刑務所で使用している鍵を用意し、私が実際に開けられるかどうかのデモンストレーションをさせられたこともありました。初めて見るタイプでしたが、私は苦もなく開けることができました。

これは彼らにとって衝撃的なことだったらしく、私が収監されることになった刑務所では、特別な予算を組んで、クリップをピッキングに使えない特殊なものにしたと聞きます。

また、私が逮捕された後の２００３年に特殊開錠用具の所持などを禁止する「ピッキング防止法」が生まれますが、それは私の影響が大きかったのではないかと思っています。

ピッキング以外にも、さまざまな泥棒の手口を学び、自分自身でも考案しました。いくつか例を挙げたいと思います。

自動車は盗難防止のために振動や衝撃を与えるとけたたましいアラームが鳴るようになっていますが、これを回避する方法があります。というのは、自動車はある種の振動にはアラームが鳴らないのです。それは地震です。確かに、地震大国の日本で地震のたびにアラームが鳴っていたら、街中がうるさくてやっていられないでしょう。

地震というのはＰ波とＳ波という特殊な波を発生時に生み出すのですが、当時、車の警報機はこの波のパターンだけには反応しないようになっていました。そこで、このＰ波とＳ波と同じパターンの波を生み出す機械を使うことで、車を安全かつ簡単に盗むことができました。

盗聴や盗撮の技術も磨きました。この頃の秋葉原には、犯罪にしか使いみちのないような電気部品を売る店がたくさんあり、集音マイクや小型カメラなど、役に立つものが簡単に手に入ったのです。そうした道具に詳しいマニアたちと友達になり、さまざまな改造方法を学び、犯罪に応用しました。

例えば、ある会社に空き巣に入る計画をたてると、高性能の指向性マイクをつかって社内の音を徹底的に集めます。というのは、高齢な経営者に多いのですが、金庫をあけるときにわざわざ番号を口に出していう者がいるのです。それを聞くことができれば後は簡単で、夜間にピッキングで侵入し、金庫を開けるだけです。

火災報知器に隠しカメラを仕込み、会社の人間が金庫を開けるときの手元の動きをすべて撮影してしまうということもやりました。報知器に仕込めるくらい小さなカメラだとピント合わせに難があるのですが、改造を繰り返し、どんな角度や距離でも金庫の番号がはっきりと見えるカメラをつくりだしたのです。

いずれも当時としては斬新な手口で、裁判ではどのように犯行に及んだのかを追及されることになりますが、私の答弁は大いに注目を集めました。

風俗経営

詐欺グループと並行して、私は風俗店の経営も手掛けていました。

もともとは東京都江戸川区などの風俗店からミカジメ料を受け取っていただけだったのですが、あるとき店で働く女性から「ケツモチでいくら受け取っているのか」と質問をされました。「1店舗につき1ヶ月50万円」と答えると、「直接経営すればもっと儲かる。普通の人はバックがいなければできないけど、あなたならすぐにでも始められる」と言います。

そうだろうなと思う反面、風俗店の経営はノウハウがないのが問題でした。そこで、モグリの風俗を経営している者をさらって、顧客と女性を根こそぎ奪うことにしました。

当時、出張型の本番ヘルスなどの場合、女性はプレイが終わるとすぐに店長に金を持っていくシステムでした。店長は大抵の場合、近所の喫茶店などで待っています。女性を尾行すれば簡単に見つけ出すことができます。

コツを1つ挙げるとすれば、しばらく観察することです。首尾よく店長を見つけられても、雇われである場合、身柄を押さえても意味がありません。本当のオーナーはその間に逃げてしまいます。

雇われの場合、数時間に一度送金するために喫茶店を出ます。つまり、喫茶店から一日中離れない者ならばオーナーである可能性が非常に高いのです。

そのようにして5、6人さらったところ、その中に中国・上海で警官をやっていた男がいました。とても頭がよかったです。警官時代は、麻薬絡みの案件で数多くの現場に踏み込んだといいますが、麻薬乱用の現場には大抵女性がいるものです。見逃す代わりにそうした女性の顔写真と連絡先を控えており、警察を辞して日本に来てからは、それを脅しのネタにして売春婦として働かせていたのでした。

彼の身柄をさらい、ひとしきり尋問をして情報を得た後、彼の家に行きました。そこで彼をどのように処理するかを検討していたのですが、突然口を開き、彼はこう言ったのです。

「規模の大きな経営をするなら経験者が必要だ。私を店長として雇ってほしい」

私は「どうやってあなたを信用すればいいのだ」と尋ねました。すると即座に「私は怒羅権という組織がどこまでやるかを知っている。すでに中国の家族の名や住所もあなたに知られている。裏切れるわけがない」と言いました。

頭の回転もさることながら、殺される直前の状況で「自分を雇え」という肝の太さが気に入りました。彼を中心に、中国本土から呼び寄せた女性を使って、いくつもの風俗店を経営していくことになりました。

ところで、私は怒羅権においてメンバー同士の仲裁や、場合によっては裏切り者を粛清する役割を担っていました。いま振り返ると、そうした特異な役割を担えた理由の1つは裏社会における広い人脈と情報網があったためだと思います。とくに風俗店を経営していたのは強みでした。

例えば、風俗店のネットワークはお尋ね者を見つけ出すのにとても役に立つのです。

犯罪を生業とする者は、身の危険が迫ると決まってすることが2つあります。姿を消すこと、携帯電話を変えることです。しかし、男というのは因果なもので、自分の行きつけの風俗店には携帯電話の変更を伝えることが多いのです。そうした人々は大抵お金だけはたくさんあるので、東京の風俗店から大阪まで女性を呼びつけるということもままあります。私のもとには、そうした情報が次々と入ってきました。

お尋ね者は大きく2種類に分かれました。1つは金を持ち逃げしていて、組織は金を取り戻したいと考えているケース、もう1つは報復などの理由で組織が殺したいと考えているケースです。後者の場合、そのお尋ね者の金は私の懐に入ったため、非常に割のいいビジネスになりました。

蛇頭との関わり

怒羅権のシノギの話題になると、同じ中国系ということで蛇頭との関係性を尋ねられることがあります。怒羅権と蛇頭は完全に別の存在ですが、怒羅権がマフィア化し始めた90年代、両者は協力関係にありました。具体的には、蛇頭が日本に密入国させた中国人たちの一部を、私たちが一時的に管理していたのです。

蛇頭は90年頃から活動し始めた密入国ブローカーの総称です。ある種類の蛇は泳ぐときに水面から頭を出すのですが、昔は密入国する者はみんな泳いで国境を越えたことから、それになぞらえて「蛇頭（スネークヘッド）」と呼ばれるようになったのだといいます。

ただ、蛇頭を日本の暴力団のような１つの組織として捉えてしまうと、その実態を正しく理解できないかもしれません。

密入国には、中国本土からの送り出し、海上での輸送、相手国での出迎えなど、さまざまな役割分担があります。そしてその役割ごとに異なる組織が担当しており、例えば送り出し担当と出迎え担当では面識すらないのがほとんどです。つまり蛇頭というのは組織名というよりネットワークの名前だと考えるとわかりやすいと思います。

私が蛇頭のビジネスに関わったのは90年代の前半のことでした。

当時、蛇頭は1つのコンテナに30〜50人くらいをぎゅうぎゅう詰めにして中国から日本へと運んでいました。まだアメリカ同時多発テロ（9・11）が起こる前で、どの国も港の貨物のチェックは甘く、X線検査機を備えた港すらほとんどないような時代だからできたのでしょう。

コンテナの中は地獄だったと聞きます。ブローカーたちは詳しい説明などしませんから、日本まで何日かかるかもわからず、十分な食料すら持たずにコンテナに乗り込む中国人が大勢いたそうです。

中国から日本までは1週間もあれば到着しますが、問題は到着してもすぐにコンテナを開けてもらえるとは限らないことです。運が悪いと、タンカーからの積み下ろしのときに前後左右上下を他のコンテナで囲まれるようにされてしまい、出迎え担当が手を出せないうちに餓死するということもありました。また、タンカーで海上輸送されるとき、最上段に積まれてしまい、直射日光に熱されて全員が蒸し焼きになることもあったそうです。

密入国の相場は300万円ほどでした。密入国者は日本に到着すると、中国本土にいる家族に電話をかけさせられます。そうして無事を確認したのちに家族があちらのブローカーにカネを支払うというシステムでした。

ただ、電話をかける前に逃げてしまう密入国者が少なくありません。日本に来てしまえば後はどうとでもなりますし、家族もカネを払わなくて済むからです。なぜ逃げることができるかというと、日本側のブローカーの管理が甘いからなのですが、このあたりは中国人と日本人の人権意識の違いが垣間見えて興味深いところです。

日本側で出迎えを担当するブローカーはほとんどの場合ヤクザです。港で密入国者を出迎えると、トラックの荷台に乗せて東京や大阪などの大都市に向かうのですが、この道中に車を止めてトイレへ行かせたりするせいで、その隙に脱走されてしまうのです。中国人のブローカーならバケツの１つでも置いておいて「そこでしろ」というでしょう。実際、このことに頭を痛めたヤクザたちはやがてバケツを使うようになりました。

このように脱走をしようとして捕まったり、家族がお金を払えなかったりする者がでたときが、私たちの出番でした。

千葉県のある都市に、自動車工場に見えるように偽装した施設をつくり、そのような問題ある密入国者を監禁していました。彼らの密入国費用の３００万円は借金という形になり、

1日滞納するごとに金利が発生することになっていました。そして毎日中国本土にいる家族に電話をさせ、300万円に金利を加えたカネを支払うまでそれを続けるのです。最盛期には150人くらい囲っており、蛇頭からは1人あたり1日5000円を受け取っていました。人気ギャンブル漫画の『カイジ』では、借金を返せなくなった者を閉じ込める地下施設やタコ部屋のようなものが描かれますが、まさにその現実版でした。

最後まで家族が支払いを拒否した者がどうなったのかは、私は知りません。

犯罪の心得

なぜ20代半ばにして、これほど多角的に犯罪を成功させられたのか、尋ねられることがあります。

少年の頃から危険の中で生きてきたため、観察眼が養われていたというのが大きいと思います。相手がどれほどの力量なのか、本当にこちらを殺すつもりがあるのか、そういったことを見抜く眼力がなければ生きられませんでした。

観察力を突き詰めていくと、相手がどういう立場で、どのようなものの考え方をするのかを推測する能力に繋がります。例えば、銀行員は普段どのように人を見ていて、どのような風体や話し方をすれば怪しまれることなく取引ができるか、というように。

人間を理解する力が身につくと、次に仕組みを理解する力が養われます。人がどのように動くかわかるから、初めて見る仕組みであっても、「こういう仕組み以外では成り立たないだろう」といった勘所が働くのです。だから、仕組みの穴をついて犯罪を成功させられるのです。

犯罪に限ったことではありませんが、１つの物事を成功に導くためにはいくつかの関門があります。仮に10個あるとしたら、大抵の人は3、4個目で「これ以上は限界だから止めておこう」ということになります。しかし、私は観察眼や仕組みを理解する力があったことで、感覚的には7個目くらいまでの関門は容易に突破できました。ここまでくれば残りの3つの関門を突破することに全力を尽くすだけです。犯罪にせよ、ビジネスにせよ、稼ぎ出す金額の桁を変えるのは、この違いなのです。

犯罪を組み立てるにあたって、注意を払ったのはリスク管理でした。

当時、私は常に5つから7つのグループを動かしていました。構成員は怒羅権とは無関係の人々です。

また、数え切れないほどの携帯電話を所有し、使い分けていました。各グループには班長がいて、その人間とだけつながる携帯電話です。裏面には、そのグループに対して名乗っている名前が書かれています。ある携帯電話には鈴木、別の携帯電話には加藤というように。電話がかかってくると「俺は鈴木だったな」と思い直して電話を取ります。

このようにして、1つのグループがほかのグループとは接触しないように細心の注意を払っていました。もし彼らが勝手に連絡を取り合うようになると、反逆をされたり、勝手な犯罪を始めて足がつくきっかけになったりするからです。

部下の福利厚生

とはいえ、人間関係には真剣でした。犯罪で稼いだお金で自分の部下たちをどう救えるかを考えていました。

これはおかしなことを言っているように聞こえるかもしれません。犯罪は犯罪であり、人を救えるものなのかと。しかし少なくとも私は、私のやり方によって救われる人がいると信じていました。

例えば、Ｋさんという女性です。生活に行き詰まった末に私のグループに参加した1人でした。

彼女はもともと兄夫妻とその子ども、そして父親と同居していました。しかし、あるとき父親が認知症になってしまい、兄夫妻は父親もＫさんも、さらに子どもも置いて蒸発してしまいました。子どもはそのとき7歳だったと聞いています。

それ以来、Ｋさんは女手ひとつで働きながら父と兄の子どもの面倒を見たそうです。日中は経理の仕事、夜は水商売をしていました。しかし経済的に厳しく、生活はぐちゃぐちゃになっていきました。そして、勤めていたスナックの常連客に誘われてカード詐欺に手を出しました。盗んだカードで買い物をする単純な詐欺です。Kさんは買い物をする役割だったそうです。

実はこのカード詐欺グループのリーダーが私の関係者で、その紹介でKさんには私の下で働いてもらうことになりました。私は常に人材、とくに女性と老人を求めていました。怪しまれにくいからです。

Kさんに与えた仕事は、会社員になりすまして会社名義の口座からお金を引き出すというものです。

Kさんには根性がありました。一度に何百万円、何千万円ものお金を引き出すとなると、銀行では個室に通され、行員と直接やり取りをする必要があります。彼女は動揺することなく、ミスをしませんでした。彼女は報酬をこつこつと貯め、グループが崩壊するまでに1000万円は貯金していたはずです。

後述するように私は逮捕されるのですが、その際に彼女も一緒に捕まりました。彼女は執行猶予で済んだのですが、裁判中の言葉はいまだに記憶に残っています。

公判の際に、情状証人として彼女の親族が故郷から呼び出されました。親族は「そんなに生活に困っているならなぜ言わなかったのか」と彼女を責めました。「一族から犯罪者がでるなど恥である」とも言ったそうです。

Ｋさんは逆上し、法廷で叫びました。

「あなたたちは今更善人ヅラをするが、私が大変なときに何もしてくれなかった。生活が行き詰まっていることは知っていたのに見て見ぬ振りをした。汪さんは私に犯罪をやらせたけど、助けてくれた。子どもの誕生日にプレゼントをくれたり、お父さんの介護の業者を紹介してくれたりした。あなたたちよりずっといい人だ」

自分がしたことを美化するつもりはありませんが、人間として付き合う以上、そうした助け合いは当たり前だと考えていました。日本という国は道を踏み外した人に厳しい国です。普通なら当たり前のものである助け合いですら得難いものです。だからこそＫさんは私に感謝してくれたのだと思います。

ある意味、私はコミュニティを作ろうとしていたのかもしれません。犯罪といっても、お金があるところからないところへと再分配をする、ねずみ小僧のような考え方があったように思います。

ただ、部下を大切に扱ったのは、自分の身を守るためであったのも事実です。

行動に問題がある部下とは長く仕事はできません。しかし、クビにしたらクビにしたでもっと悪いことをし、逮捕される恐れがあります。逮捕されると大抵はチンコロ（密告）します。このため、部下を放任するのは、犯罪グループを率いる者として大きなリスクなのです。過去の余罪が追及されれば、私が指示した犯罪も明るみに出てしまいます。

だから、退職金制度をつくりました。犯行のたびに利益の20％を貯金し、足を洗いたいという者、またはクビにする者に渡すのです。そうすればもう犯罪に手を染めることはないので、私の安全が保証されます。この退職金用の貯金は私が逮捕される頃、最終的には4000万円近く貯まっていたと思います。

先述のKさんがそうだったように、犯罪に手を染めようという者は生活に行き詰まっていることがほとんどです。通常、犯罪組織の構造としてはそうした立場の弱い者を搾取してボスや幹部が利益をあげます。

ただ、この頃の私にとって犯罪は、どれだけ稼げるかというゲームになっており、金自体は重要ではなくなっていました。こうした姿勢だったからこそ、どれだけその人々をつかって、合理的に、安全にお金を稼げるかを追求できたのかもしれません。

このような活動を続けていると、メンバーにとっても良い影響が生まれます。彼らは収入が安定するので部屋を借りたり、お金を貯めたりできます。借金を返し、ある程度蓄えを得た状態で足を洗うことができます。

いうなれば、もう取り返しがつかなくなるほど悪に染まる前に、足を洗うための〝助走〟となる環境を作ってやるということで、これこそ犯罪組織を率いる者の義務だと考えています。少なくない人々が私に感謝をしながらグループから去っていきました。

逮捕された日

私はヤクザを27歳で辞めました。破門だったのですが、その発端となったのは山口組とのトラブルでした。

抗争に発展しそうなとき、それまで「組長のために命を張る」と言っていた人たちが、いざ喧嘩になると動こうとしません。しかし私は半グレ精神が強かったため、問答無用でやってしまえばいいと拳銃を持ってカチコミに行こうとしました。

そのときは身内に殺されそうになりました。彼らはこう言います。

「発砲したら、仕返しでこちらが全滅させられる。正直に言ってこちらに勝ち目はない」

その結果として私は破門され、組だけでなく上層の二次団体まで解散し、壊滅しました。

ヤクザは辞めても、怒羅権のシノギは続けていましたから、その後も私は多くの犯罪に関わりました。そして2000年、私が逮捕される事件が起きます。

ことの発端は沖縄での仕事でした。

事務所荒らしをするため、３ヶ月ほど前から現地の宿を押さえ、準備を進めていました。すると、部下の１人から同じ時期に沖縄サミットがあると忠告されました。私は意に介しませんでした。私たちの仕事に影響があるとは思わなかったからです。

当時は拳銃の密売もしており、その取引もするつもりでした。現在ほどインターネットが一般的ではありませんでしたが、掲示板などを通じて違法品の売買は行われていました。30万円で仕入れた拳銃があり、それをどうしても欲しいというサラリーマンを見つけたので４００万円で売ることになっていました。

相場から考えるとこれはかなり高い価格で、私としても予想外です。電話番号を交換し、前金で代金の一部をもらうと伝えたら、こちらが金額をいう前に２００万円振り込まれたのです。沖縄での仕事を終えたあと、九州の別府で受け渡しをすることになり、その場で残りの２００万円を受け取る予定でした。

これほど高値をつけてくれたため、サービスのつもりで弾をいつもより多くつけ、部下に運ばせました。ほどなくして私も事務所荒らしのメンバー7~8人とともに沖縄に向かいました。

結果として、私は沖縄サミットの警備を甘く見ていました。沖縄のホテルに着くと、ロビーで警察に取り囲まれました。そのホテルは全室に警察関係者が宿泊していたのです。

「予約の住所も名前も架空だな」

と警察は言いました。

しかし、私たちの犯行が露呈したわけではないようです。私が「だからなんだ」と返すと、「沖縄サミットで素性のわからない者が集まってきているので警戒している」と言います。とにかく、彼らは私たちを怪しんでいるのは確かでした。

結局、沖縄から帰されることになりました。警察が航空券を購入するというのです。

ここで問題は、東京に戻ると伝えた場合、警視庁に確認が入って私の素性がバレてしまうことです。「大分から来た」とでたらめを言いました。警察は本当にチケットを買ってくれました。

事務所荒らしの道具や偽造免許証など、仕事道具はかなりの量だったため、それを大分に郵送し、私たちも大分に飛びました。

トラブルはそれからも続きました。

拳銃を売る約束をしていたサラリーマンが取引を拒否したのです。電話口で「お金はどうするのだ」と尋ねました。私としては「すでに振り込まれた200万円は返さないぞ」という意味の発言でした。輸送に人を使い、実際に経費がかかっていたためです。しかし彼は「残りもきちんと払う」と言い、本当に２００万円振り込んできました。

問題は手元に残った拳銃でした。再び東京に運ぶのは危険です。よって海に捨てることにしました。

私自身が捨てに行きました。本当は部下に捨てるように指示したのですが、海の方向がわからないというのです。カーナビで見れば海なんてすぐにわかるのに。

夜に宿を出て、海辺の堤防にいきました。ここで私はきまぐれを起こしました。銃には弾が20発ほどついており、もったいないという気持ちを抱いたのです。私は堤防にむかって全弾撃ち尽くし、それから銃を海に投げ捨てました。

硝煙反応はついていましたが、翌日には大分から去るつもりだったので、たいした心配もせず宿にもどりました。すると、部下たちが仕事道具は揃っているのだから事務所荒らしをしようと言ってきます。

結局、そのまま大分に滞在し、地元の企業に押し入り、数億円の残高のある通帳を盗みました。次の日に銀行で確か４０００万円か、８０００万円を引き出しました。そろそろ引き上げるべきでしたが、グループの１人が通帳にはあと2億円近く残っているからそれも引き出そうと提案しました。

グループは日本人と中国人の混成だったため、こうした状況だと意見がよく割れました。提案したのは日本人のヤクザでした。金が必要だったようです。結局、日本人メンバーと中国人の一部が残ることになりました。主要メンバーの中国人たちは私についていくと言って行動をともにしました。

ここで私には2つほど不注意な点がありました。

拳銃を海に捨てたとき、私は周囲が無人だと思っていたのですが、このとき堤防の下では大勢が夜釣りをしていたのです。頭の上で20発も銃声を聞いたのですからたいへん驚いたことでしょう。当たり前のことですが、彼らは通報していました。

さらに、沖縄サミットについて調べていなかったことが再び裏目に出ました。この大分でも沖縄サミットの余波で厳戒態勢が敷かれていたのです。

2億円を引き出そうとしていた仲間たちと分かれ、福岡に向かおうとしたところ、緊急配備で検問があちこちに敷かれているのに気づきました。発砲事件も、最初の現金の引き出しも警察に伝わっていたのです。仲間たちはすぐに半分が逮捕され、半分は市内に身を隠しました。

とにかく身を隠した仲間を救出しようと市内に戻ると、状況は切迫していました。鉄道も国道も高速道路もすべて止められていたのです。残されたのは大分空港だけでした。しかし大分空港も警戒されていました。私がたどり着くと、自動小銃をもった自衛隊が整列していました。

ここまでかと思いましたが、偶然ながら、この場にいたメンツは盗みの現場にも銀行にもいっていないことに気づきました。顔が割れていないということは素通りできるかもしれません。意を決して空港に入りました。空港なら大勢の人がいるので、紛れ込める希望もありました。

しかし、狙い通りにはいきません。厳戒態勢の影響なのか空港には客が数人しかおらず、全便欠航になっていたのです。

数千万円を手元にもっているのも問題でした。身体検査をされたら説明ができません。ＡＴＭで送金してしまおうと思ったのですが、ここも警察に先手を打たれていました。すべてのＡＴＭの電源が止められていたのです。私たちが空港に逃げ込んでいるのがバレているのは明らかでした。

仕方がないのでトイレのゴミ箱に金を投げ込みました。後で部下にとりにいってもらえばどうにかなると考えていました。

次は私たちが脱出する方法を考えなければなりません。かなりリスクはありますが、タクシーで検問を抜けていくことにしました。

このとき私は何枚かの運転免許証をもっていました。ほとんどは偽造ですが、1つは日本人名の本物です。自動車学校で他人になりすましてとったものでした。空港のすぐ近くで1つ目の検問に出くわしましたが、この免許証のおかげで無事に突破できました。

しかし、今になって思えばこれが罠だったのかもしれません。空港のすぐそばで止められたならば、再び空港に逃げ込んで従業員を人質に取ることもできました。おそらく警察はそれを警戒して、空港から離れさせるために素通りさせたのだと思います。

第2の検問がすぐに現れました。最初のものとは比べ物にならないほど厳重で、バリケードのようなもので道が封鎖されており、プロテクターをつけた自衛隊員たちが待ち構えています。

タクシーの運転手は気楽なもので、私が犯罪者とは知らないから「さっきも検問やったじゃないか」などと愚痴っていました。

そして自衛隊員に指示されるまま停車し、運転席の窓を開けた瞬間のことです。

自衛隊員はタクシーの運転手の上半身を掴むと、窓から引きずり出したのです。凄まじい勢いでした。運転手は半狂乱になり、「何？　何？」と叫んでいます。私は逮捕されることを確信しました。

そんな中、ほんの少しだけ幸運に恵まれます。自衛隊員の連中は運転席をいじるのですが、私が座っている後部座席のドアをあける方法がわからないようなのです。運転席と後部座席の間には仕切りがあり、こちらに手を出すことができません。窓の外に何人もの隊員が張り付き、「開けなさい」と怒鳴ってきます。

チャンスだと思いました。私は普段から犯罪の証拠になるような書類は持ち歩きませんが、このとき唯一問題があったのが偽造運転免許証でした。財布から急いで取り出し、名前と番号の部分をターボライターで炙り始めました。窓の外で隊員たちが何か喚いています。時間との戦いでした。偽造免許証の個人情報をすべて炙り終わった瞬間に窓ガラスが砕け散りました。

こうして私は逮捕され、大分県の別府警察署に連行されることになりました。

第4章　自らの罪と向き合う

石井弁護士との再会

逮捕されたとき、反省の念や罪悪感は一切ありませんでした。私は確信犯であり、職業として犯罪をしていると、いざ逮捕されてもそのような感情を抱くことはないのです。それどころか社会で他に行き場がない人に仕事を与えることで、人助けをしているという気持ちさえありました。私の犯行の被害者の多くは企業と銀行ですから、保険で穴埋めできるので誰も傷つけていないではないか、とすら考えていたのです。

この心境は裁判を経て刑務所に収監され、月日が経つにつれて変わっていきますが、まずは逮捕直後のことから述べていきたいと思います。

詐欺罪を主として全部で10件の起訴があり、金額は約2億円でした。私の余罪をすべて合わせれば10億円以上の被害があったはずですが、検察が起訴できると判断した事件がこの2億円分の10件だったのでしょう。

逮捕されてから一審の判決がでるまで、3年近くかかりました。詐欺は法解釈が複雑なため、取り調べや裁判に時間がかかることが多いのですが、私の場合は斬新な手口が多かったのでさらに時間を要したのだと思います。

当初私は、怒羅権の事件をよく担当している顔なじみの弁護士たちを雇っていました。職業犯罪者の弁護を専門に行う証拠隠滅のプロたちです。

彼らの手腕は舌を巻くもので、あらゆる法律のテクニックを使って凶悪犯の刑期を短くします。私は当初、裁判で争う気でおり、彼らを使って無罪を勝ち取るつもりでした。

事情が変わったのは、未決のまま1年ほど過ぎた頃のことです。

私が逮捕されたことは中国残留邦人の事件を専門とする人権派弁護士の間でも噂になっていました。ある日、その分野でも著名な石井小夜子弁護士が面会に来てくれたのです。

面会室で向き合い、その声を聞いたとき、自分の心がすっと落ち着くのがわかりました。同時に、今回の逮捕で自分がさらされていたストレスがいかに大きなものだったのかをこのときになって初めて実感したように思います。

実は、石井先生と会うのはこれが初めてのことではありません。出会ったのは16歳の頃です。その後もたびたび世話になり、成人してからは会うことがなかったので実に8年ぶりの再会でした。

10代の私にとって、石井先生はいままで会ったことのないタイプの大人でした。彼女は当時30代、その頃から人権派で、少年犯罪の弁護や中国残留邦人の支援活動に熱心に取り組んでいました。

石井先生に本格的にお世話になったのは確か17歳の頃、強盗の容疑で取り調べを受けたときのことです。

ことの発端は、葛飾区で仲間4人と車を走らせていた際にあおり運転をされたことでした。かなりしつこくあおられたので直接話をしようと思って車を停めると、相手も停車しました。しかし仲間全員で相手の車を囲んだところ、こちらの人数に恐れをなしたのか急発進したのです。この際に仲間が1人ひかれそうになりました。怒りを覚えた私たちは映画のカーチェイスのように相手の車を追いました。

結局、袋小路のようになった場所まで追い詰め、捕捉しました。運転手以外の連中は蜘蛛の子を散らすように逃げましたが、運転手だけは脱出に手間取っており、取り押さえることができました。

まず運転席からカギを引き抜き、投げ捨てました。そして全員で運転手を囲み、殴りました。ただ、彼は運転席から頑なに出ようとしなかったので、スペースが限られており、全員同時には殴れません。私は手持ち無沙汰になったのでぶらぶらしていたのですが、後部座席を覗くと缶ビールや菓子などが転がっていたので、それを飲み、食べました。

おそらく３００円程度の品ですが、このせいで容疑に強盗がついてしまいました。

このように順を追って説明すれば明白なことですが、私たちが相手に暴行を働いたのはあおり運転に対する仕返しであり、強盗をするつもりなど毛頭なかったのです。

突如降って湧いた強盗という容疑に、私は不安を抱いていたように思います。それは私自身に対する不安というよりも、他の仲間を念頭としたものでした。私は未成年でしたが、ほかの４人は成人しており、罪状に強盗が加われば重い実刑をうける可能性が高かったのです。ならば未成年である私が言い出しっぺ、つまり、主犯として犯行に及んだと供述すればそれを回避できるのではないかと思うところもあったのですが、まだそうした経験が浅い私にとってそれが正しい判断であるかどうか判然とせず、心細い気持ちになっていました。

そんなときにやってきたのが石井先生でした。

このときの体験はとても印象深く記憶に残っています。対面し、無言で向かい合っていたのですが、真夏なのに先生はかばんの中からアイスクリームを出し、私に差し出したのです。先生は「食べて大丈夫」と言いました。

面会中に食べ物を渡すことはおそらく禁止されていたはずですし、面会室のドアからは係の者がこちらを窺えるようになっていました。しかし、係の者の視線は先生の背中で遮られ、私が何をしているかわからないのです。アイスはまだ冷たく、甘くて、私はとてもほっとしました。この時期にはすでに暴力や犯罪が日常になっていましたが、やはりまだ子どもだったのだと思います。

先生は私の話をしっかりと聞いてくれて、いろいろと私の身を案じてくれました。

私は結局、自分で考え、この強盗事件は私が言い出しっぺであると供述しました。先生は「本当ですか？」と尋ねましたが、私の発言を受け入れてくれました。もしかしたら私がどういう考えだったのかを理解した上で、その判断を尊重してくれたのかと今では思います。

8年ぶりに再会した石井先生は、あの強盗容疑の一件の頃と変わらず、私の話にしっかりと耳を傾けてくれました。留置場での面会を重ねるうちに、これまでのこと、好きな本の話など事件とは関係のないことも数多く話すようになりました。そしてこの出会いによって、罪に対する私の考え方は大きく変わっていきます。

私の中にも阿Qはいます

石井先生は当時のことを振り返って、「汪さんは心を開かず、ずっと私を探っている感じだった」と言います。

確かに石井先生と再会したばかりの頃、私は気を許していたわけではありませんでした。そもそも彼女は担当弁護士ですらないのです。

この時期、私は石井先生のことを「白人」と呼んでいました。

というのは、日本で中国残留邦人の問題を扱う人々には、米国の奴隷解放の時代における先進派の白人と重なるところがあったからです。

奴隷の解放は人権意識の高い先進派の白人たちに主導されました。ここで肝心なことは、社会のいびつな構造に対し、黒人自身が怒りや疑問を覚え、立ち上がったわけではないということです。むしろ、奴隷制が撤廃された世の中がどういうものか予想がつかず、解放された後にどうすればいいかわからないと言って、反対した黒人も少なくなかったのです。

ここで私が言いたいことは、奴隷制が撤廃されたことの歴史的な価値は脇に置くとして、このように上から下へと価値観が押し付けられる構図というものに自分は強い抵抗感を抱くということです。

これと同じように、中国残留邦人の多くは日本にやってきてから不遇でしたが、自分自身で「これは不条理だ」と言い出した者はいません。自分たちが「歴史に翻弄された」などとは言いません。そう言い始めたのは人権派の弁護士や学者、運動家たちです。

そして黒人たちが奴隷制撤廃に賛同しなかったのと同じように、「あなたたちは歴史に翻弄されたのだ」などと言われても「そうだったのか」と膝を打つ者などいないのです。私たちは突然放り出された日本社会で必死に生きただけです。怒羅権にしても、やられたからやり返しただけであって、「社会の歪みが怒羅権を生み出した」というのは専門家たちによる後付の解釈だと私たちは思っています。

すなわち、石井先生をはじめとする人権派の人々は、私たち中国残留邦人の子孫の境遇を代弁してくれているものではなく、自分たちの主張を通すために私たちを利用しているようにすら思えたのです。

しかしある日、石井先生が何気なく持ち出した話題で、私はハッとしました。

先生は中国の作家、魯迅の『阿Q正伝』について語り始めたのです。

この作品の主人公である阿Qは、家も金もなく無知ですが、傲慢でプライドが高いというバランスを欠いた人物です。殴られるなどひどい目に頻繁にあいますが、そのたびに都合のいい解釈をして、現実を直視しようとしません。やがてはその無知と浅はかさによって、流されるままに処刑されてしまいます。

『阿Q正伝』は私が中国で暮らしていた頃からの愛読書であり、なにより私はひそかに阿Qの惨めな姿に自分を重ねていました。

そして、石井先生は言いました。

「私の中にも阿Qはいます」

彼女のこの言葉に、私はとても感じ入るものがありました。阿Qとは人の愚かさや醜さの象徴であり、それが自分の一部であると認めることは心の強さが必要です。この人を信じられるのではないか、という思いが生まれ始めました。

そしてもう１つ重要な心境の変化が生まれました。

それは「このまま処刑されてよいのか」というものです。

阿Qは、無知ゆえに流されるまま処刑されました。なぜ自分が処刑されたのか理解すらしていなかったでしょう。

社会は私が罪人だといいますが、先述の通り私は罪悪感もなければ反省もしていません。自分の罪を理解することなく、刑罰を受けるのは、阿Qと同じなのではないかと思うのです。それは悪徳弁護士を使って刑から逃れようという意味ではありません。社会がいうその罪というものを直視することが私の人生において必要なのではないか、ということです。

罪を直視するには、自分の過去を振り返り、時間をかけながら理解していくほかありません。膨大な作業であり、客観的にそれを見てくれる信頼できる他者が傍らにいることが不可欠なことでした。

私は「この作業につきあってくれますか」と先生に尋ねました。

「協力する」と先生は言いました。

すぐにそれまでの弁護士との契約を切りました。国選弁護人として石井先生が私の弁護を担当することになりました。裁判の戦略について話したことはほとんどありません。刑期を軽くするための工作はしなくてよい、という話を最初の接見でしました。

先生はほとんど手弁当で仕事をしてくれました。国選弁護人は儲からないのです。裁判が1ヶ月かかろうと1年かかろうと、1件数万円しかもらえません。時間をかければかけるほど損をします。

しかし先生の「協力する」という言葉に嘘はありませんでした。判決が出るまでは週に一度の接見を2年間も続けてくれました。刑務所にいってからは月1回です。私が収監されたのは岐阜で、先生は東京を拠点としていましたから、交通費だけでも多大な負担だったでしょう。

服役の間、先生を通じてさまざまな人と文通をしたり、面会をしたりして知り合いました。そうして生まれた人の輪は１００人以上にもなり、現在の私の礎になっています。その第一歩を踏み出すきっかけは紛れもなく石井先生との再会でした。

警察の知られざる顔

警察と犯罪者がいかにずぶずぶの関係であるか、ここで語っておきたいと思います。

警察庁長官賞というものがあります。大事件の犯人を検挙するなど目覚ましい成果をあげた署に与えられるもので、予算にイロをつけてもらえるため、どこの署も喉から手が出るほど欲しいものです。噂ではこの賞を受けた署の幹部は、社宅まで良いものにありつけるといいます。

今回の私の事件で、3つの長官賞と何千万円もの予算がいくつかの署に渡りました。問題はその後の警察の対応です。彼らは汪様々と言わんばかりに私に手厚い接待をしたのです。

取り調べの際は、引き当たりといって事件に関係のある場所に被疑者と捜査官が行き、現地を確認するという捜査をしますが、私の引き当たりでは手錠が外され、仙台で牛タン、宇都宮でギョーザ、千葉で海の幸、宮崎で鶏と焼肉、鹿児島で回転ずし、といったように各地でさまざまなご馳走を振る舞われました。まるで大名旅行です。宿泊はさすがに警察署ですが、朝の7時に出発し、日中は飲食に費やされ、19時か20時に次の土地の署に到着して眠るというスケジュールでした。

　こんなことが実際にあるなんて信じられるでしょうか。これは刑務所で一緒になった犯罪者たちにも話しましたが、ほとんどの者が信じませんでした。しかし、１人だけが信じると言いました。１００キロ単位でシャブの取引をしていた大物で、逮捕された際に私と同様の体験をしたとこっそり教えてくれました。

　日々の普通の取り調べも至れり尽くせりでした。清涼飲料水や菓子、タバコまで用意され、あいた時間にパソコンやゲーム機も使えました。さらに「泡の出るお茶」と称してビールまで振る舞われたのは驚きました。

　極めつきは、私の取り調べが行われていた当時、若乃花と貴乃花の兄弟が人気だったのですが、稽古を見たいと言ったら相撲好きの係長が二子山部屋に連れて行ってくれたことです。手錠を外した状態で稽古を見学できました。

　警察の不祥事はたびたび報道され、耳を疑うような行為が横行しているように思いますが、それは実際に起きていることのごく一部に過ぎません。彼ら警察という組織の内側にどれほどのグレーゾーンが存在しているかをぜひ想像してもらいたいのです。

　警察と犯罪者の癒着の例としてもう１つ、怒羅権との関係が挙げられます。

警察は捜査情報の一部を怒羅権に流すことがあります。例えば、警察に逮捕された人間のヤサをガサ入れする予定があるとして、その住所を怒羅権の者に知らせ、金目のものを盗ませる。または、「××というマンションに裏カジノをやっている連中がいるが、あなた方と関係があるのか」などといかにも捜査のような質問をしてくることもあります。それはつまり、その裏カジノを襲ってしまえということです。

なぜこんなことをするかというと、怒羅権がさまざまな外国人犯罪グループの情報を持っている一方で、警察にとって外国人犯罪グループというのは潜入捜査がしにくく把握がしづらいという背景があるからです。怒羅権は前科がある者が多く、それは警察がコンタクトできる者も比較的多いということになります。怒羅権に便宜を図ることで、他の外国人犯罪グループの捜査をしやすくするという狙いがあるのです。

実際、怒羅権メンバーが勾留された際、捜査協力として何百枚もの外国人の顔写真を見せられ、犯罪に関わっている者がいないか尋ねられるということがあります。オーバーステイなどで不法滞在になっている外国人は、逮捕されても何をしているか正直に話す者などまずいません。「サウナに泊まり、パチンコで食ってます」と言う者ばかりで、警察も困るわけです。

警察はこのようにして、検挙率を上げているのです。

予想外の求刑と判決

２００２年も終わりが近づいたある夜、留置場の個室で眠っていたところ、「汪さん、起きて」と誰かが声をかけてきました。

扉のところに顔見知りの留置担当官が立っていました。時間は23時。珍しいことです。留置場は21時に消灯するので、館内は静まり返っていました。

そのまま取調室に連れて行かれました。

留置場での生活は単調で、普段通りではないことがあると戸惑います。「殺されるんじゃないだろうか」などと考えていました。

取調室に入ると公判検事がいて、私の顔を見るや「求刑が出ました」と言いました。そして「しかし、守秘義務があるのでこの場で伝えることはできません」と続けます。

ならばなぜ呼び出されたのだろう、と私は当惑しました。

彼は「この事件から降りることを伝えにきた」というのです。これまでの判例に照らすと求刑は不公平なほど重い、自分にとっても納得できない、法に関わる者として一生の恥、彼はそんなことを理由に挙げました。

とても誠実な人だったのだと思います。事件を途中で降りるなんて、キャリアに傷がつく行為のはずです。しかし、彼は実際にその通りにし、その後、検事を辞めたと聞きました。

そして裁判で検察から告げられた求刑は懲役15年でした。

耳を疑いました。

私の起訴は10件で、被害金額は約2億円。この規模ならば長くとも7年から8年が妥当であり、完全に予想外の長さだったのです。そして13年という判決が下されました。

この判決は、当時、司法関係者の間でも議論になりました。私が感じた通り、罪状に対して重すぎる判決だと多くの弁護士が語りました。

なぜこのような判決が出たのかといえば、いくつか理由が考えられますが、手口が異例であったことに加えて、やはり私が中国人だからなのだと思います。ある意味で見せしめのために量刑を重くしたのではないでしょうか。

裁判官は「同情する」と言いました。「しかし、罪は罪です」と続けました。

正直に述べれば控訴したい気持ちはありました。あまりにも重い判決を受けて、多少は罪が軽くなるかもしれないという期待が頭をもたげたのです。しかし同時に、控訴は潔くないとも感じていました。

そのように感じたのは石井先生と対話をしたことが根底にあったのだと思います。私は罪を直視すると決めました。社会が示した罪の重さが13年という年月であるなら、それを受け止めることが必要なのではないかと思いました。そして、それを乗り越えた時、自分がどう変わるかを見てみたいという気持ちもありました。

「ここまで私が思うことをおおやけに対して主張することができたし、裁判官も話を聞いてくれたから、あなたに対する敬意と、私の責任から、控訴しません」

気丈にそう答えましたが、裁判を終え、部屋に戻るとやはりしゅんとしている自分に気付きました。職員から「ショックだろうから、医務室に行きなさい」と言われ、足を向けると精神安定剤を出されました。

これがなんの役に立つのかと思いましたが、服用して横になっていると体が布団に沈み込んでいくような感覚を抱きます。立ち上がれずトイレにも行けないほどでした。実は、私は長年薬物をやっていたので耐性がついており、大概のものなら効き目がありません。麻酔もほとんど効かないから歯医者で治療を受けるのも苦労するほどです。

そんな私が酩酊するのだから、よほど強力な安定剤だったのでしょう。同時に、13年という判決はこんなに強力な薬が必要だと周りから思われるほどに重いものなのだと、改めて認識しました。

略酊から覚め、安定剤の残りは捨てました。服役する覚悟を決めました。そして岐阜刑務所での永遠とも思える日々が始まったのです。

刑務所はいじめの巣窟

岐阜刑務所は、ＬＢ指標と言われる受刑者に特化した刑務所です。ＬＢ指標というのは、Ｌ（ロング、刑期が10年以上）、Ｂ（犯罪傾向が進んでいる）という分類で、殺人などの重犯罪者が多く、各地のツワモノが集まっているような場所でした。

最初の2年間は大きなトラブルもなく過ぎていきました。私自身が真面目に過ごしていたので、規則違反を起こすようなこともなく、他の囚人との喧嘩に巻き込まれることもなかったのです。

私の生活態度に変化が生じたのは3年目を過ぎた頃です。看守たちのいうところの「規則違反」をしばしば起こすようになりました。

自己弁護をするならば、悪さをしたわけではないのです。

刑務所の中はいじめの巣窟でした。常に立場の強い者と弱い者に分かれ、強い者が弱い者を虐げます。少しでも他の人と違うところがあれば、それをあげつらわれ、攻撃の対象となります。

私は中国人という特異な立場でしたが、怒羅権のメンバーとして名が知られていたので、直接的ないじめの被害者になることはありませんでした。しかし、毎日のようにあちこちで行われるいじめを目にするのは耐え難いことであり、少年時代に中国残留孤児2世の仲間を助けたように、刑務所の中でも私はいじめの被害者を助けるようになりました。

大抵はいじめの現場に割って入り、言葉で解決しましたが、暴力沙汰になることもあり、それが規則違反とされたのです。

刑務所という閉鎖空間では、いじめはどこまでも陰湿になります。その最大の特徴は、どれほど苛烈な暴力や嫌がらせであっても「お前のためにやってあげているんだぞ」という形をとることです。

ある者がトイレのスリッパをきちんと揃えなかった、共用のものを使うときに声を皆にかけなかった、そういった実に些細なアラを見つけ、「周りに対して配慮が足りない」と指摘します。

これを言う者は、他の皆のためにこの嫌な役回りをしているんだぞ、という体裁をとり、相手に恩を売る形でいじめをエスカレートさせていくのです。

そうしたことは私の房の中でも起きました。

私と同じ房のAさんは、Bさんに目をつけられていました。Bは自称ヤクザで、身長が180センチ以上ありましたから、並の人なら面と向かっただけで萎縮するだけの威圧感がありました。

きっかけは、日常の些細なやりとりでAがBを怒らせたことです。Aは何回も謝りましたが、Bは許そうとしません。「反省しているなら態度で示せ」と難癖をつけます。態度で示せといっても具体的に何をしていいのかわからないのは当たり前のことで、Aはただ怯えていました。

その場は収まりましたが、Bの難癖は続きました。Aが少しでも笑うとBはエヘン、コホンと咳払いをします。Aは威圧されたように身をすくめます。Aが好きな書きものをしようと小机を出そうとすると、また目でにらみ、舌打ちと咳払いをして脅します。

こうしたことが連日繰り返され、Aは完全に萎縮し、ひざをかかえて縮こまり泣きそうになっていました。

Bは言うのです。「Aはこれから20年以上の刑を服すのだから、皆とうまくやっていくために大切な態度を教えてやっている」のだと。

BがAをいじめるようになってから、しばらく私は状況を観察していました。刑務所という世界では、自分から進んで他人の舎弟になることを望む人もいるからです。Aがそうした人物だったら、むやみに口をだすことはむしろAにとってマイナスになる可能性がありました。

しかし、Aは本当に怯えているようです。

あまりにしつこくいじめが繰り返されたので、ある日、私はキレました。

「Bさんさ、何があったの？」

と問いかけました。Bは「なんでもない」ととぼけ、舌打ちをしました。

裏社会で経験を積むと、人はかなり口達者になります。どういう場面でどういう言葉を使うべきか、反対にどういうあいまいな言葉だとツッコまれやすく、どういうあいまいな言葉を使えばその場を逃れられるかを学ばざるを得ないからです。このときもどのようにBを問い詰めればいいかわかっていました。

舌打ちをしたBに、私が尋ねます。

「Bさんさ、私がBさんに何かしたか？」

「してないよ」

「じゃなんで舌打ちしているんだ。言いたいことがあったら口で言ってくれないかな」

こんなものは明らかに言いがかりですが、それは自分でもわかっています。Bは、

「何もないよ。あれはノドの調子が悪いからだ。体のことで因縁をつけられちゃかなわない」

と反撃してきました。

さらに眠っていたBと仲が良い男が起き出してきたので空気が変わりました。Bは強気になり、「お前よぉ！」と凄んできました。

この一言で、私も好戦的な気分になりました。

「『お前』とはどういうことだ。私に向かって『お前』呼ばわりするのか、おい！　B！　今日からてめえのこと『お前』と呼ぶからな」

とまくし立てました。それまでは丁寧に「さん」付けをしていましたが、ここで意図的に呼び捨てに切り替えています。さらに周囲にいた同室の者たちに向かっても「人がおとなしく話しているのに『お前』呼ばわりでくるというのはどういうことか」と訴えました。

Bの仲間は静観しており、Bの態度もしぼみ始めます。そしてBは、

「『お前』呼ばわりは悪かった」

と頭を下げてきました。ここで私も一気に引きます。

「いいえ、いいえ、私も体の不調と知らず誤解して悪かった」

と詫びました。

この段階でAのことに触れなかったのはわざとです。まだBは冷静ではなく、ここにAの話を持ち込んでしまうとまたこじれます。そしてやり取りの終わり際、Bがトーンダウンしきったところを見計らって、さりげなくAのことに触れました。

「あなたがAの面倒をみているなら、私もAに対しての言動に気をつけねばならない。どうなんですか」

これはつまり、「Aがあなたの舎弟ならば、接し方を変える」という意味です。刑務所の世界では、もし相手が兄貴分と舎弟の関係なら、その舎弟に親切に接することはタブーです。舎弟を横取りしていると誤解されかねないからです。

Bの答えはノーでした。

舎弟でもない人に威圧するような態度で接するのはどういうことだ、と追撃することはできましたが、再びこじれるのは明らかだったのでグッとガマンしました。

この件について残念なことは、このやり取りの後もAはBに気を遣い、Bがやるべき雑務を自主的にするという態度を崩さなかったことです。こうした行動は刑務所では命取りです。「Bにやっているんだから俺にもやれ」といった具合にさらに自分の立場を危うくします。そのことはＡに強く言い聞かせましたが、一度固まった人の行動はなかなか変わらないのです。

いじめの被害者となるのは初めて刑務所に入った人が多いようです。集団生活の経験がなく、どのようなことをされたらいじめと呼ぶべきかすら知らない人で、だから「お前のため」という体裁をとられると何もできずに受け入れてしまうのです。虐げられるだけでなく、弱者がなぜか礼まで言わせられてしまうのは非常に不条理だと思います。

いじめがどういう行為であるのかを定義するのはとても難しいことです。私が思うに、大多数の者に対してできないこと、言えないことを特定の者に対してだけやったり、言ったりするというのはもういじめと定義すべきです。

なぜいじめは生まれるのか

振り返れば、怒羅権が誕生したきっかけは中国残留孤児2世に対するいじめでした。刑務所に入り、毎日のようにいじめを目の当たりにし、いじめについて考えることになったのはとても奇妙な巡り合わせのように思います。

この日々を通じて、いじめというのはある種の協調性から生まれるのではないかと思い至りました。

Nという囚人がいました。体格が大きくて、普段から強い者に媚を売り、弱い者にことさら強く出るという態度をとっていました。Nが他の囚人を蹴る事件があり、房を移されると、今度はNがいじめのターゲットになりました。その房は我が強い人ばかりだったのです。

Nはクソを食わせられていました。なんとレベルの低いことかと私は驚愕しました。ここは成人刑務所です。いい歳をした大人がいじめでそんなことをするとは信じがたいことでした。

このNの反応も先述のAと似たようなものでした。クソを食べさせてくる連中に対して萎縮して何も言えず、媚を売るようになりました。私なら笑って食べたうえで、夜中にそいつの両目をえぐり、自分の目玉を食わせます。

理解に苦しむのは、Nを助けようとする者がいないことです。刑務所の強面たちは普段は調子よく過去の武勇伝を語り、「自分は強きをくじき、弱きを助ける」などと吹聴するのですが、実際にいじめを前にすると何もしないのです。

これこそ協調性のためでしょう。

日本社会では、学校でも職場でも刑務所でも協調性の大切さを説きます。集団生活の中で誰の害にもなっていない本当に些細なことでも、多数派がしていないという理由だけで異端視されます。そして多数派に属する者たちは異端者を指差して「変わったことをしますね」や「変わった人だね」といって、集団の全員に「この人は自分たちと違いますよ」と呼びかけるようなことをします。さらに言えば「個性的」という言葉ですらこの社会ではマイナスなニュアンスが多々含まれ、しばしば変人扱いされます。

つまり協調性という大義名分のもとに、少数派に対する迫害が正当化されるのです。実際、いじめをする者がいじめられる者を指差して「この人のこういうところが皆に迷惑をかけているんだよ、そうだろう?」と周囲に訴えれば大抵の者は頷いてしまいます。

こうして考えると協調性というのは公平なものではないことがわかります。弱い立場の者の我慢と犠牲のうえに成り立っているものです。理想的な社会ならば、強い立場の者はこの事実を知った上でバランスを取ろうとするので、和が生まれます。しかし、刑務所ではバランスを取ろうとする者がほとんどいないのでいじめが頻発するのです。

ここで肝心なのは、いじめを先導する強い者だけがいじめの原因なのかといえば、それは違うということです。むしろ、強い者に「そうだろう?」と同意を求められ、頷いてしまう日和見主義者によって協調性は強まり、いじめを許容する空気が生み出されるのです。

こうした空気の中で行われるいじめは厄介です。「みんなのため」という大義名分があるので、それに異を唱えることが悪になってしまう。いじめ問題において、私の本当の敵はこうした日和見主義者なのだと思います。

彼らにとっていじめを目の当たりにしたときに賢いとされる行動は、被害者をスケープゴートにして、一線を画すことです。なぜなら、そこでうまく振る舞うことができればピラミッドの最下位が決まり、少なくとも自分は最下位にならないからです。

しかし、私はそれを賢い行動とは思いません。その行動をとった時点で、いじめに加担、ないしは黙認していることになるからです。私はそんなことは絶対に許したくないので、いじめの現場を見たらできるだけ抵抗するのです。

刑務所の生態系

刑務所ではいろいろな出自をもち、いろいろな生き方をし、いろいろな罪を犯した人たちが不本意ながらもこの狭い空間の中で生きています。世間では「職業に貴賤（きせん）はない」などと言われますが、刑務所の中では職業によるはっきりした階級が存在していました。

その頂点はもちろんヤクザです。ときには刑務官をしのぐ地位すらもっている場合もあります。ヤクザに合わせて生活することが一般の囚人だけでなく刑務官にも求められ、それに反抗すると刑務所の運営に支障をきたす行為であるとして隔離され、不当処分の数々を受けます。

ここでもっとも恐ろしいのは、ヤクザではない者は自分よりさらに弱い者を迫害することで、ヤクザに認められようという空気が存在することです。自己保身のためのこうした暴力に終わりはなく、この空気がある限り、刑務所はいじめの巣窟であり続けるように思います。

ヤクザをしていた自分がいうのもおかしな話ですが、私は常々ヤクザに対して釈然としない思いを抱いていました。

それは、彼らはアウトローであるはずなのに、ある種の紋切り型の価値観に縛られているように見えるからです。

例えばある時、同じ房のヤクザ者が「グレた者ならばヤクザを目指して当然で、ヤクザにならないのは半グレでしかない」と主張しました。彼に言わせればヤクザは生き方、人生そのものであり、半グレのような連中は遊びの延長に過ぎないとのことです。

とりわけ、彼を含めた刑務所にいるヤクザ連中は「不良」という名称をこよなく愛しているようでした。不良とは暴力団に属するヤクザにだけ許される称号で、シャブの売人、泥棒、ギャングのような組に属していない者たちが不良を自称するのは許せないのです。不良というのはミステイクの意味のはずなのに、その不良になるのにも審査基準があるということにはカルチャーショックを受けました。

もう1つ、彼らが大好きな言葉が「現役」です。現役とは現在も組織に属しているヤクザのことを指す言葉で、それ以外の使い方は許してくれません。たとえば友人が泥棒をやっていることを伝えるために「知り合いは現役の泥棒で……」というと、ヤクザ者が会話に割り込んできて茶々を入れます。

70代の老囚に性機能は健在かどうかを聞くために現役という言葉を使ったら、急にヤクザ者が「こんなヨレヨレのじじいが現役なわけないだろう」と言ってきたこともありました。失笑を買ったのは言うまでもありませんが、こんなことがよく起きるのです。

そのように息巻くヤクザ者に、若い不良や囚人でヤクザになりたいと考えている者など１人もいないよと私はよく言ったものです。

ヤクザと半グレ両方を経験したのでよくわかりますが、私が収監された２０００年代の時点でヤクザの凋落(ちょうらく)は明らかでした。よく世間では暴対法の影響だとか、半グレがのさばるようになったからなどと言われますが、その理由は単純で、若い者が憧れるようなステータスがヤクザという職業から失われたことです。

バブル期はベンツなどの高級車に乗り、綺麗な女性を連れて、といった一般人が憧れるような生き方をしていた彼らですが、ＩＴバブルの頃を転機に世間の認識が変わりました。六本木ヒルズにも入れないヤクザは憧れの存在ではなくなったのです。

マスコミの方針の転換も大きいと思います。バブル期、週刊誌ではヤクザは一大コンテンツで、多くのサラリーマンが熱心に読み漁っていました。今は一部の実話誌しか触れませんし、実際にほとんどの人は関心がありません。それに応じて、ヤクザの地位も下がっていきました。

ペニスに玉を入れる者たち

刑務所がいかに特異な場所かを示す例として「ムショボケ」というのがあります。ふつう刑務所ではとにかく暇を持て余しますから、刺激のない生活を続けた結果として、出所してみると世の中の速度にまったく追いつけなくなっているという現象です。

しかし、私の服役生活は退屈とは無縁でした。いじめをする者と戦ったり、支援者の方々に手紙を書いたり、本を読んだりと日々動き続けていました。13年間の服役中、私が読破した本は3000冊を超えていました。

電気部品の知識があり、手先も器用だったので、刑務作業で手に入る部品を組み合わせてさまざまな発明もしました。とくに役に立ったのが懐中電灯です。パチンコ台の解体をする際に余ったLED電球を使ってつくりました。消灯されると読書ができませんが、これのおかげで、ふとんの中でいくらでも本の世界に没頭することができました。

この懐中電灯は、私が予期していないところでも活躍しました。

刑務所ではペニスに玉を入れる者がいるというのは有名な話だと思いますが、私の自作懐中電灯がこの玉入れ手術の必需品になったのです。

玉入れをする者は岐阜刑務所にも大勢いました。普通の感覚ならばなぜそんなことをするのか不可解に感じるかもしれませんが、服役中はみんな暇を持て余しているので、退屈を紛らわすポピュラーな趣味なのです。

多くの場合、歯ブラシの柄の部分を短く折り、コンクリートの壁などにこすりつけて球体に磨き上げます。とても根気のいる作業ですが、それが退屈しのぎにちょうどいいようです。なめらかな玉になったら、ペニスの幹と皮の間にペンや爪楊枝で穴を開け、そこに玉を押し込みます。ペニスの皮はゴムのように伸びますから、一度玉を入れてしまえばその場に収まって安定します。そして自然治癒で穴が塞がれば完成です。

しかしこのときに問題になるのが、ほとんどのケースで出血してしまうことです。ペニスの皮には細い血管がびっしりと走っています。穴を開ける際にこれを傷つけてしまうと大量に血が出るのです。

そこで私の懐中電灯が役に立ちました。皮をつまんで薄く伸ばし、光を当てるとまるでレントゲンのように血管の位置を把握できるのです。よく観察し、血管がないところに注意深く穴を開ければほとんど無血で玉入れができました。これは画期的だということで、多くの人に喜ばれました。

玉入れ手術については、もう1つ人気を博した発明品があります。火起こし器です。構造はとても単純で、シャープペンシルの芯に電流を流し、伝熱コイルとして熱を発生させるというものでした。紙を当てているとやがて発火するので、それを火種にするのです。

玉入れ手術では、この火を消毒のために使いました。玉を入れるために開けた穴を火で炙ると、ヤケドはしますが、その後かさぶたになるので化膿の予防になるのです。

化膿の予防は玉を入れる者にとって死活問題でした。玉入れは禁止されていますから医務室にいくことはできませんし、風呂は何百人との共用なのでバイキンが入って化膿するリスクが非常に高いのです。苦痛を伴いますが、火起こし器を使った消毒も多くの人に親しまれました。

このように、玉入れは服役囚にとって重要なイベントなので、さまざまな工夫が生み出されていました。ペニスにいれる玉にも移り変わりがあります。

先述のように歯ブラシを削った玉を使うことが多いと言われますが、このことは刑務所側も知っているのでかなり厳しく管理されます。歯ブラシは2ヶ月で交換され、その際にチェックされるため、折ったり削ったりしていたらすぐにバレます。

そこでシリコン製の玉をシャバの人に送ってもらうという方法も存在しました。実に手が込んでいて、本の背表紙付近は紙が束になり固くなっていますが、そこにドリルで穴を開け、玉を埋め込んで送るのです。シリコンなので金属探知機にもひっかかりません。このシリコン玉は高値で取引されました。

とはいえ、みな夢中になって玉入れをしていましたが、実際に女性に聞いてみると玉入りペニスは不評なようです。ごりごりして痛いらしく、よっぽどのお婆さんでないと喜ばない、と知人の女性は言っていました。

刑務官とヤクザの癒着

日本で起こる犯罪の約6割が再犯者、つまり過去に逮捕されたことのある者によって起こされるものだそうです。刑務所の実態を見ているとそれも無理もないと感じます。このような不条理な世界で長年暮らしたところで法を遵守する意識が高まるとは思えません。

刑務官は、囚人を平等に扱うことなどありえません。先述したように、囚人たちはヤクザを頂点とした階級社会で暮らしており、刑務所内の秩序を維持するため、刑務官たちはヤクザの顔色を窺うことが横行しています。

その洗礼を私も受けました。

あるとき、ヤクザものがいじめをしている現場に遭遇し、やめさせようとしました。すると相手は因縁をつけてくるため、私は正論で対応していましたが、話に決着がつかず、刑務官に仲裁を求めたのです。すると、刑務官はヤクザではなく私を罰しました。懲罰刑の一種である昼夜間独居処分を言い渡したのです。

いま振り返れば、私はとことんめでたい奴だったと思います。正しいことを言えば然るべき措置を講じてもらえるというナイーブな考えをもっていました。

　この件については、弁護士会の人権擁護委員会にも被害を申し立てたのですが、委員会からの回答は刑務所側の反論を１００パーセント支持したもので、事態の追究すらされずに私の声は封殺されたのです。

　ここから私が学んだのは、刑務所は正義に則って運営されているわけではないということです。

　社会の仕組みと一緒で、そこには秩序を維持するための暴力装置があるだけです。正しい行いをしていれば自分もそれに守ってもらえるなどと考えていると怪我をします。

　どうしても守ってもらいたければ〝人間〟にならなければならないのですが、ここでいう〝人間〟というのはヒト科であるという意味ではありません。その社会の運営に必要な存在になれ、ということです。つまり刑務所でいえば、ヤクザを頂点とした階級社会に埋め込まれて生きろ、ということになります。

　結局、社会にせよ、刑務所にせよ、秩序というのは共同幻想がつくった仮初（かりそめ）のものに過ぎません。そして、その共同幻想の内側にいると、外側にいる者たちに対して不寛容でいることが義務のように感じるようになり、争いが生じるのだと思います。

中国人として服役するということ

私が服役した期間、刑務所内では怒羅権や中国系の者とは出会いませんでした。私は話がうまく、詐欺グループのリーダーをしていた過去もあるので、結託をさせないために当局がわざと怒羅権や中国系がいない刑務所を選んだのかもしれません。

日本人ばかりの刑務所でただ1人中国人として服役するという経験は、私がどういう者なのか、つまりアイデンティティについて深く考えさせられるきっかけとなりました。

岐阜刑務所では、中国人はそれはもう嫌われた存在でした。

私がいじめを見るたびに突っかかっていって喧嘩をすることは広く知られていたので、直接的な嫌がらせを受けることはありませんでしたが、嫌われているというのはわかります。

この「嫌われている」という状況は大きなストレスをもたらします。人にはもともと嫌われたくないという願望があります。自分がその場にいることが周囲の者の嫌悪の原因になっていると認識すること自体が重圧となり、人を悩ませるのです。

これは厄介な問題でした。私自身の個性や振る舞いが原因で嫌われているのであれば直すこともできるでしょう。しかし、原因は私の人種であり、人種を変更することはできません。努力ではどうにもならないのです。

もう1つ、周囲から嫌われる環境に身を置くことで気がついたことがあります。人間はどんな理由であろうと、嫌いになってしまったらなかなか相手の良い所を見ようとしないということです。むしろ嫌いな相手の場合、嫌なところに目が行きやすく、目を皿のようにしてアラ探しをし、ミスでもしようものなら、「ほらみろ、だから中国人は嫌いだ」と来るのです。

また、高齢の受刑者は私が中国人と知ると、よく戦争時代の話をしました。ヨッちゃんと呼ばれていた80代の老囚は兵隊として中国大陸に渡ったときに、拷問や強姦をやったと自慢しました。小柄でいかにも日本兵らしい風貌をしていました。

彼は戦場から生還できても若い娘を強姦することをやめられなかったようで、日本でも性犯罪に手を染めました。一度無期刑で収監され、刑期を全うしますが、すぐに別の犯罪で仮釈放が取り消しになってこの岐阜刑務所にやってきたそうです。

ヨッちゃんは中国の現地民が戦時中いかにビンボーで、日本兵はいかに自由気ままだったか、日本兵の初年兵すら革靴なのに、中国兵は連隊長クラスでも裸足で時計もなかった、など語り、そういった話の最後には必ず「そんなチャンコロ（中国人の蔑称）に負けてしまってよ」と悔しがりました。

そんなことを聞かされて私はどう消化すればよかったのでしょうか。戦争時代に行われていた強姦の習慣を戦後まで引きずり、その末路として獄死しようとしている老人を見て私は何を考えればよかったのでしょうか。

私自身は、自分が中国人であることをどう考えていたのかについてもここで書いておきたいと思います。

1つは、中国の姓である「汪」を重すぎると感じることがありました。この名字を名乗るためには、まず父を意識しなければなりません。すると父の父についても意識する必要があり、そのまた父と、延々と先祖をさかのぼっていく必要があります。

私はそれが嫌だと感じていました。私自身はせいぜい数十年しか生きていないたった1人の人間です。中国人であるとか、汪であるとかと言われても困るのです。

一方で、「私は私である」と考えることは簡単で、しっくりときます。このように考えると自分がどのような行動をとればどのような変化が外界にもたらされるのか、その因果関係をすっきりと受け入れることができます。それが好ましいのです。

実のところ、日本社会に同化しようと努力した時期もありましたが、今はむしろ同化して日本人になりきろうとするよりも、自分はどう生きたいのか、どう行動すべきなのかと考える方に重心を置くようになりました。

とはいえ、自分が部分的に日本人になっているという自負もあります。血のつながった両親は中国人で、私自身も生粋の中国人ですが、10代から日本に住み、人生の大部分を過ごしてきたのだから、それは当たり前のことなのだと思います。望んでそうなったわけではないですし、それを望まなかった、つまり日本人になることを拒もうとしたわけでもありません。長年その国で生きるということはそういうことなのです。

ではお前は中国人と日本人のどちら寄りなのだ、と問われれば、その天秤の針はかなり日本人側に寄っていると自分では思うし、友人や支援者などの周囲の人々からもそう思われていると感じます。

事実、中国人と中国語で日本を論じるとき、私は親日家として日本を擁護する側に回ります。近年、日本人の中国嫌いはますます顕著になっていますが、日本人が中国を嫌うのは彼らなりの理由があることを語ったりします。

しかしそれは私が日本を肯定し、絶賛しているというわけではもちろんありません。日本に対して否定的な感情を抱く部分もあります。中国人と日本を論じるときに日本を擁護するのは、私が否定的に感じる事柄を彼らに語ることに抵抗を感じるというだけのことです。

例えば、私は天皇に恐怖を感じます。

自分の中の天秤の針は日本人に傾いていると言いながら、天皇を恐がるなんてちょっと支離滅裂であるとは思います。しかし、私が日本に来るきっかけとなった中国残留邦人の問題は、もとを辿れば戦前にまでさかのぼります。天皇の軍隊が中国大陸にやってきたおかげで、数十年後に生まれた私は日本に来ることになり、中国でも体験しなかったひもじい生活を強いられ、文革でも体験しなかった言われなき差別を受けたのです。

14歳という多感な時期に異国での暮らしを強いられ、偏見と差別にいきなりどっぷりと浸けられた結果、私は自分が中国人であることにすごくネガティブな感情を持つようになっていました。これに私はどう折り合いをつければいいのでしょうか。少なくとも、天皇や戦争の問題については、教科書に書かれた過去のこととして、日あたりの良い教室でテストのためにさらりと触れるだけの関係でいたかったと願わずにはいられないのです。

この日本が侵略戦争を起こしたという歴史は、私の罪と罰に対する考え方にも影響を及ぼしています。

日本は戦争という罪を犯しました。その後、補償を行い、国際社会から罰は受けたと言われます。しかし、罰を受けたからといって、罪を犯した事実は消えません。

これは私も同じなのです。

私は、自分の犯した罪を忘れずに、もしも被害者に会ったときは、やはり詫びの言葉を口にしたいと思うようになりました。

戦争犯罪にしても個人犯罪にしても、罪を犯した後の態度とはこうあるべきなのだと思います。間違っても、「お前のお金を盗んだかもしれねえけどよ、こっちだって13年もくさいメシを喰ったんだから、なあ、チャンチャンどころかこっちが大損こいたゼ」とは言いません。

出所に怯える受刑者たち

刑務所の中で長い年月を過ごしていると、わざと罪を犯して入ってくる者や、シャバでの生活を避けるために微罪で刑期を延ばしたりする者が多いことに気づきます。

その多くが高齢者で、彼らにとって刑務所は老人ホームのようなものでした。だから、いざ出所することが決まると彼らはきわめて強い不安を抱くようです。私はそうした老囚たちの世話や介護をよくやっていました。

私と同室のヒデもそんな1人でした。60代の後半に差し掛かった彼は、過去に脳梗塞を起こし、左の手足が麻痺していました。1人で着替えをするのもままならない様子で、よく転ぶので頭部は傷だらけです。もう歳なので小便が近いのですが、自分で起き上がることができないので、夜は何度か便所につれていかなければなりません。身長が150センチなのに体重は70キロ近くあって、おんぶをするのも一苦労でした。

私とヒデが出会ったとき、彼は数年後に出所をひかえていましたが、シャバに出てからの生活をしきりに不安がっていました。障害年金や一般年金を受給できるはずですが、その手続きの進め方もわからないと嘆き、毎日のように相談を受けていました。

彼の望みはそれほど大それたことではありません。自炊をするのが好きなのと、生活保護を受けるためには住所が必要なことから、出所後はアパートを借りて暮らすのを夢見ていました。住まいはどんなところでもいいけれど、寒い土地だけはどうしても嫌だと言っていたのを今でも思い出します。

でも、体が不自由なヒデだけではただ暮らしていくだけでも難儀するのは明らかだったので、彼が夢を語るのを聞きながら私は心配でした。同じ房には、ヒデと同年代のキタさんという、東京の山谷でずっと土方をしていた人がいて、人付き合いは下手ですが力持ちなので、対照的に人懐っこいヒデとキタさんが一緒に暮らしたらうまくやっていけるのではないか、などと夢想していました。

ヒデの世話をしていたのは何か見返りを求めてのことではありませんが、彼は何かをしてもらうとお返しをしないといられない性分なようで、たびたび「何もしてやれなくてすまない」と言って涙ぐむこともありました。そんな涙を前に私は、この老人はこのさき幸せになれるのだろうかなどと思い、胸がチクリとするのを感じるのでした。

私に戦時中の強姦の話をしたヨッちゃんのことも、たびたび世話をしました。彼は白内障で目がにごり、耳には補聴器をつけていましたが、自分で歩くことはできました。しかし、よく作業中に意識を失って倒れることがあり、刑務所に1台しかない車椅子に乗せて、医務室まで走ったことが何度もあります。

結局ヨッちゃんは、ある日食堂で倒れて担架で運ばれ、そのままどこかの施設に運ばれていき、その後の消息はわかりません。

私が思うのは、この老人に1日でも長生きしてほしいということだけでした。それは健やかな長寿を願ってのものではありません。知っている人が死ぬという悲しみを味わいたくないだけでした。ましてや獄死なんて、他人事ではなかったのですから。

死ということに関していえば、服役生活の中で私は1つの大きな気付きを得ました。

ある日、石井先生と面会をしていたときのことでした。

ふと、私は「父を殺そうとした」と告白したのです。

その言葉を発した直後、自分でハッとしました。父を殺そうなどと、口に出したのも初めてなら、思考したこと自体が初めてでした。なのに、自然に口から飛び出したその言葉は、誰にも絶対にしゃべるまいと長きに亘って誓っていたかのような重さがあるのです。

それは強烈な違和感でした。自分が発した言葉が意外であり、ショックを受け、同時になぜ自分がそれを言ったのかを考え込むようになりました。

違和感の正体に気づいたのは後日、都営住宅で年間４００人の老人が孤独死をしているという新聞記事を目にしたときのことです。

記事には、孤独死をする老人は若いとき、仕事ばかりにかまけて家庭を犠牲にし、愛想をつかされて、老いた後は親族すら会いにこないのだとありました。この「家族を犠牲にした」という記述から、父を連想しました。そしてはっきりと悟ったのです。私は父を殺そうとしたのではなく、彼が孤独に死ぬのを待っていたのだと。

父は私から中国での生活を取り上げ、右も左もわからない日本へ連れてきたにも関わらず、私をないがしろにしていました。これは虐待と同義であると思います。虐待を受けた子どもはどうなるでしょうか。

性格形成に悪影響を受け、将来の行動が大きく変わります。そしてここで抱く疑問は、その子どもが非行に走り、いずれ犯罪者になったとき、子ども自身の罪とそのように育てた親の罪、どちらが重いのかということです。

私は無意識に、そして潜在的に、父の罪を非難していたのです。

そしてそこに思い至った時、自分は卑怯者だと愕然としました。

というのは、私の人生がねじれたのは父との不仲が主因であるのは明らかなのに、そこから目をそらし、もう子どもではないのだから父との関係などに左右されるべきではないなどと自己暗示をかけ、問題点は他にあるように振る舞っていたためです。それこそが、石井先生に父への殺意を告白したとき、「思考したこと自体初めて」と感じた理由です。ましてやそのような態度をとりながら、心の根底で彼がひっそりと死ぬことを待っていたというのは、看過できない卑怯な行為だと、私はそう思うのです。

支援者との絆

13年間もの刑務所暮らしで私を支えてくれた最たるものは、ひとえに支援者の方々の存在です。１００人を超える方々と交わした手紙は最終的には数百通に達しました。

受刑者が更生するために必要なものはこうした支援者との絆だと思います。少なくとも、同調圧力といじめに満たされた刑務所の生活が、受刑者に更生の必要性を感じさせ、自分のどこが間違っているのかを教えてくれることはありません。

私は支援者との手紙のやり取りを通じて、自分は大事にされていると思うことができるようになりました。それが生きる張り合いとなり、更生への原動力となったのです。

しかし、そのように手紙のやり取りや面会ができるようになるまでは平坦な道のりではありませんでした。

岐阜刑務所では面会や手紙のやり取りは原則的に親族に限られていました。暴力団関係者などが面会にやってきて、外にいる仲間や別の刑務所にいる受刑者との連絡役となったりするケースを防ぐためだそうです。審査をして人物に問題がなければ親族でなくても許可する場合があるとは謳われていますが、そんなことはほとんどない例外でした。

私は父をはじめとした家族との交流は断絶しており、そのままでは手紙すら出せない状態だったのです。

ここで助けてくれたのはフリー編集者で人権活動をしているＪｏママでした。彼女は私と養子縁組をしてくれて、彼女を通じて手紙のやり取りが始まったのです。私が送った手紙は石井先生が発行しているミニコミ誌に掲載され、それを見た人たちから少しずつ支援の声が広がっていったのでした。

２００６年に監獄法が改正され、親族でなくても受刑者と手紙のやり取りができるようになると、支援者の方々は一斉に手紙をくれました。１９８６年に日本に来て以来、私の周りにいたのは怒羅権の仲間を除けば犯罪者か警察官、検事、刑務官くらいのもので、初めて普通の人々と心を通わせる機会となったのです。

支援者の方々への気持ちは、私が服役の末期に石井先生宛に書いた手紙に集約されています。そこには「皮肉にも刑務所の中で私は人生においてもっとも充実、そしておそらくは正しい人間関係に恵まれていることに気づかされました」という一文があります。

劣悪なＬＢ刑務所で13年間も服役し、私はむしろ人間が好きになっていました。これは奇跡的なことだと思います。もっと早くこれを経験できていたら私は違う人生を送ったはずだと、遠回りしたことにもどかしさを感じることもありました。しかしそれは同時に、これからは違う人生が送れるかもしれないという希望を見いだせた瞬間でもあったのです。

繰り返しになりますが、犯罪を犯して刑務所に入った者が更生し、社会復帰するためには、このような社会との接点をいかに持ち、感謝の気持ちを抱くことがもっとも大切なのだと痛感します。この気づきは、後述する、出所後に私が開始した活動にもつながっていきます。

「反省」について犯罪者が思うこと

更生する意志を固めた私ですが、逮捕から現在まで一貫して心がけてきたことがあります。それは「反省」という言葉を気安く使わないことです。実際、裁判や支援者との手紙の中でも反省という言葉を使ったことはほとんどないように思います。

反省とは何かというと「自分がしたことは間違いでした、悪いことをした、もうしません」という態度を示すことだと私は考えています。しかし、犯罪者がそのような態度を示すとき、本当に自分がしたことが間違いや悪いことだと思っているかというと、そうではないことが常だと思います。

例えば、カッとなって人を殴った者がいたとします。

その者が逮捕されれば大抵「殴ったのは間違いでした」などと言うでしょう。しかし、何が間違いだったのかを突き詰めて考えると、殴った者は「あのとき殴らなかったらこんなことにならなかったのに」などと考えています。もっといえば「相手が自分を怒らせたから殴ったのだ」「相手には殴られるだけの非があったのだ」と思っているはずです。なぜなら、相手に非があると思ったからこそ（それは犯人の頭の中だけにある事実なのかもしれませんが）、殴ったのですから。

つまり、殴ったという行為自体が悪かったなどと犯人が思うはずがないのです。悪事がばれたときに犯人が謝るのは、単に被害者感情が良くなる、量刑が軽くなるといったメリットがあるからだと思います。

すなわち「反省します」と言うのは、問題の根本的な解決はされていないのに、なし崩し的にその問題をなあなあにする儀式のようなものだと私は感じるのです。

人間は生きる中で日々選択を迫られます。そのとき人は、良い結果になるであろう選択肢を選ぶわけですが、予想どおりの結果になることもあれば、予想がはずれることもあります。つまり、正解と間違いに分かれるわけです。

私は逮捕されて刑務所で服役をしました。だから選択に間違いがあったと言えるかもしれませんが、それはあくまで結果論でしかないと思います。

選択をするとき、人は人生経験やそのときの環境など、さまざまな要素を考慮して最善となる選択をしているわけです。それが結果的に周囲から間違いと言われようと、本人にとっては必然なのですから、間違いではないのです。犯罪者は自分の選択に納得して犯罪を犯すわけですから「自分が悪かった」などとは思わないのです。

私の根底にはこうした考え方があるので、「反省」という言葉を気安く使うのは冒涜であるとすら感じるのです。何に対して冒涜なのかはわかりませんが。

刑務所の中から見た怒羅権

刑務所に入ると、周囲は犯罪者しかいないわけですから、犯罪界における怒羅権の看板の大きさを実感します。

最初、私は自分が怒羅権のメンバーであると公言しませんでした。ですが、受刑者の会話の端々に怒羅権の名前が登場します。

怒羅権に友達がやられた、と語る者もいれば、私が中国人なのを知り、怒羅権の関係者なのか、と尋ねられもします。ほとんどの場合は、怒羅権に友達がいるよ、という具合にはぐらかしていました。しかし、私が直接やった被害者と鉢合わせしたときがありました。「葛西の汪君ですよね」と尋ねられ、もうごまかし続けることはできませんでした。

岐阜刑務所の囚人が怒羅権について語るとき、多くは2種類に分けられます。

1つはその力を脅威に感じたり、恐れたりする者です。タイマンでは絶対に怒羅権に負けないけど、集団戦になると勝てない、という者がいました。

それは事実だと思います。私たちは必ず集団で仕返しをし、絶対に反撃できないくらいまで徹底的にやります。だから最終的に勝つのは怒羅権なのです。

もう1つは、羨ましいという声です。

日本人は絆という言葉を大事にします。俺たちは兄弟だ、と結束を確認し合うこともあります。とはいえ、やはり他人なのです。犯罪の世界で生きていると、それを突き付けられてむなしくなることは少なくないはずです。

ですが、怒羅権の結束力は本当に強いのです。私たちが過ごした日常は文字通りいつ殺されてもおかしくないものでした。そこで仲間だけを頼りに生きるという経験を積み重ねると、その絆は血よりも濃いものになるのです。

しかしここまでに語ってきたように、残留孤児の子どもたちを助けにいくという活動からスタートした怒羅権は、徐々に変質し、2000年代になってくると犯罪集団になりました。メンバー同士の絆や親愛の情に変わりはありませんが、当初の設立の目的からは大きくずれた存在になってしまいました。

これは刑務所に入り、世の中や自分自身のことを客観的に見られるようになって初めて気づいたことでした。ずっと怒羅権という組織で生きてきましたが、内部にいるとその変質を認識することはなかなかできないのです。

刑務所での日々が過ぎるにつれ、怒羅権の何かが変わってしまったという気持ちは確信になり、それを正すべきだという気持ちが強くなっていきました。「何かがおかしい」と言い始めました。ただ、それは更生しようとか、そういったことではなく、なぜそうなってしまったのかを自分たちは知る必要があったからだと感じたからです。

時代を越えて

日本社会における中国人に対する差別はいつ頃からあったのでしょうか。第二次世界大戦が終わり、本来ならばそこで終わっているべき差別の歴史が、数十年経ったあとに私たちに降り掛かったのはなぜだったのかと繰り返し考えました。

そんなとき、『終わりなき旅 「中国残留孤児」の歴史と現在』という本をたまたま見つけました。1986年に出されたこの本は刑務所に備えつけられたいわゆる〝官本〟で、読まれた形跡はありませんでした。

中国残留邦人の問題のはじまりは、日本の農村を襲った飢饉でした。戦前、世界的な不況や悪天候によって、日本では食い詰めた農家が続出し、その口減らし先として満州国が必要とされました。満州国への固執が日中戦争へと繋がり、この戦争によって中国残留邦人が生まれたのです。

80年以上もさかのぼり、私の祖父母ですら生まれていない時代の日本の農村に端を発するというのは、私の理解をはるかに超える出来事です。そしてだからこそ、不条理に感じるのです。

本の中には、小学生くらいの子ども４人が教師と遊んでいる写真が載っており、無邪気に先頭でおどけている少年は私の周りにいた怒羅権の仲間にソックリでした。それを見て、私はこの少年が異国に連れて行かれ、いじめにあう他の同胞から担がれて、暴走族になっていく姿を想像してみました。少なくとも私も仲間たちも、非行少年になりたくはなかったし、ましてや刑務所に入るような人間になるとは、あの頃は思っていませんでした。

私の犯した犯罪は私が自発的に実行したもので、これを時代のせいや環境のせいにすることは許されません。しかし、あまりにも多くの望まない現実が私たちに振りかかり、その現実に抗うためにもがいた結果として、いつしか暴力がアイデンティティとなり、犯罪を通じてしか他者とのつながりを持てなくなっていたのもまた事実なのです。

そのようにして自分の歴史を振り返ってみると、私たちは負の存在で、負の遺産しか生みだせなかったのかもしれないと分かっていても、これまでの歩みを全否定できない自分がいます。それは自分が自己中心的な人間だからでしょうか。もしかすると、もう生きるためには肯定するしかないと思っているからなのでしょうか。

１９８０年代に中国残留邦人の子どもたちが集った葛西の恐竜公園が強く思い出されます。

その中心に設置された恐竜の像は、普通の日本の子どもたちにとっては楽しい遊具でも、私にとっては悲しく、同時に拠り所でもありました。自分が死ぬ時、このコンクリートの恐竜を想起するのだろうか。死によって自分のこれまでの歩みは肯定されるのだろうか。自分のルーツを振り返ると、そんな想念がつらつらと浮かんでは消えます。

第5章　出所後の道

名古屋入管への移送

午前0時を回った頃、常夜灯の充分とは言えない明かりの下、自分の手の影でペン先が良く見えない中で支援者の方々に手紙を書き始めました。眠いはずなのに寝たくないのか、眠れないのか判然とせず、あるいは両方かもしれません。深夜に手紙を書くことなど刑務所ではできなかったので、その目新しさに気分が昂ぶっていたのもありました。

2014年5月9日、私は満期で岐阜刑務所を出所しました。刑務所の前まで石井先生と養母のＪｏママが迎えに来てくれていて、「おかえりなさい」というメッセージが入ったＴシャツまで用意してくれていたのですが、私はそれを目にすることができませんでした。刑務所から出所するのと同時に、名古屋入管（出入国在留管理局）に移されたからです。中国へ強制送還される可能性があり、処遇の決定を待つ日々が始まりました。

2段ベッドが3つ置かれた部屋でした。隅っこのテーブルで、電気ポットのお湯で作ったインスタントのみそ汁をお茶のようにチビチビと飲みながら手紙を書いていると、岐阜刑務所での生活が思い返されます。

満期とはいえ無事に出所できたというのは喜ばしいことでした。生還を果たしたような感覚まで抱きましたが、それは決して大げさなものではありません。私の手首にはリストカットの傷跡が残っていました。それは、一時は本当に死ばかり考えていたことの証拠でした。今振り返っても、私は殺されかけていたんだな、と思います。人というのはそれが欲望や煩悩とされるものであろうと、その人にとっての幸せを求めて生きるものです。そんな存在が死を、それも死が自分の最善の選択のように感じるというのは正常な状態ではありません。そして、刑務所というのは明らかに人をそうした状態に追いやる場所でした。

刑務所での多くのルールは、更生・やる気・償いなどとは結びつかないものです。いじめが横行し、ヤクザを頂点とした牢名主（ろうなぬし）的な支配が敷かれています。そうした階級で下層に位置する者は強者に媚びへつらうか、無謀と知りながら暴力を振るうことでしか生きる道がない。結局それは彼らが犯罪を犯すこととなった世間の構造となんら変わりません。

何人もの刑務所職員が、リップサービスかもしれませんが、「お前の言うことは正しい、ここは更生できるところではないし、させようという動きもしていない」と口を揃えました。彼らが同意してくれたことにはもちろん喜ばしさを感じます。しかし、違和感も大いに抱いてしまいます。

それは童話の裸の王様に似ています。私がどれだけ王が裸だと騒ぎ、刑務所職員がこっそり私に賛同を表明しても、彼らは結局王の前ではそれを言おうとしないでしょう。私としては小さな声でもかまわないから、一緒に声をあげてほしかったのです。

刑務所が再犯防止に向けての働きは一切していないと、当の刑務官も認めざるをえないというのはとても無責任なことです。更生すべき主体は収容者ですが、更生するプログラムを提供する第一の責任を負うべき存在は、やはり刑務所なのですから。

自分自身の更生、支援者への恩返し、そして社会に対して自分ができること。強制送還の不安と戦いながら、そうしたことに思いを巡らせて夜を過ごすのが習慣になりました。朝日がにじむ頃にベッドに入ります。2段ベッドの下の段に横になると、天板に貼った支援者のメッセージが目に入ります。「ごくろうさま」「待ってたよ」という言葉がそこにあります。横になるたびに私は何回もそのメッセージを見ることができました。感慨深いものはあります。でも、私は泣きません。ただ嬉しくて、嬉しくて、ひらがなの文字を1つずつ、そして何度も読み返し、眠りに落ちていくのでした。

支援者の方々の尽力によって、入管から釈放されたのは6月中旬。逮捕の日から十数年が経ち、社会に戻る日がついにやってきました。

まっとうになりたい

出所をして、まっとうな社会生活を営める自信はありませんでした。私にとってのまっとうとは、犯罪を犯さないことです。犯罪の世界には戻らないということは心に決めていました。地元の葛西には戻らず、東京の東村山市に居を構えました。地元の葛西には怒羅権の仲間やヤクザの知人が多く、すぐにでも交流することができました。やろうと思えばシノギも簡単に始められたでしょう。余談になりますが、岐阜刑務所を出たときは、複数のヤクザ組織から勧誘のはがきが届いていました。房まで届けるわけにはいかないので、出所のときにまとめて渡されるのですが、膨大な数になっており苦笑しました。そうした誘惑を断つために縁のない土地が必要だったのです。

最初の１年間、さまざまなことをやりました。ホームレス支援などのボランティア活動のほか、残留孤児の問題や、障害者・精神疾患の人々の暮らし、沖縄、憲法改正といった市民運動にも関わりました。ただ、何をすればよいのかずっと迷っていました。

ここで痛感したのは、長く服役していた者が社会復帰をして普通に働くことはとても難しいということです。

こうした境遇の者に必要なものは何なのか、徹底的に考えました。

自分の努力、周囲の人々の愛情などいろいろありますが、私がとくに挙げたいのはそういった抽象的なものではなく、「働かなくてもいいよ、とりあえず家にいなよ、よく考えてやりたいことを見つけるんだ、居候してもいい」と言ってくれる人です。「ひきこもりになれる環境」と言ってもいいかもしれません。

服役を終えた職業的犯罪者の心境は、普通の人には理解しづらいものだと思います。犯罪とはいえ自分の力で生活をしてきたわけですから、プライドはものすごく高いわけです。一方で、働きたい気持ちもあります。しかし、刑務所ではろくに責任を負うことのない、無駄とも思えるような作業ばかりしてきたから、急に普通の社会人のような仕事はできません。リハビリが必要なのです。

それにも関わらず、出所の次の日からでも働かなくてはならない雰囲気の中に置かれます。これは気合いや根性で乗り越えられるほど簡単なものではありません。

やがて、ただ生きているだけで負い目のようなものを感じるようになります。働いていなくても腹は減るわけですが、食事の時間になるたびに「お前はメシを食う資格があるのか」

と自問する時間が積み重なります。

サイフを覗けば札とコインがいくらかは入っています。コンビニに行けば刑務所で夢の中にまで出てきた甘い菓子の数々が目の前にあります。しかし食べる気にならないのです。代わりに、なけなしの札がなくなる日までの時間を逆算し始めます。焦りがどんどん募っていきます。

早い話、私は働きたくないのです、あるいは働けないのです。

岐阜刑務所に父が面会に来たことがありました。その時の言葉が思い出されます。彼は「ここは他人の家。自分の家ではない。まじめに働き、税金を納め、そしてもっとも大事なことでもあるのだが、嫌われることを決してしてはいけない」と言いました。

私は思ったものです。10代のうちにそういうことを学びたかったと。そうした教訓が身につく前に〝糸の切れた凧〟になってしまい、13年も服役することになったのだから、そのようなことを言われても遅いのです。それができない人がいるのは事実であり、自分がそれに該当してしまったとき、どうすればいいのか、彼は教えてくれませんでした。

出所後の人生の方向性を決定づけたのは、石井先生の一言でした。

手紙や面会で、差別やいじめ、刑務所内の問題、更生の難しさなどを何度も議論していましたが、あるとき彼女はこんなことを言いました。

「君は問題提起をしたけれど、問題解決をしていない」

確かにそのとおりでした。

私は支援者の人々に、なぜ自分が社会に対して反発したのか、自分がどんなことを思っていたのかを理解してもらうべくたくさんの手紙を書き、語ってきました。行き場所がなかったこと、犯罪以外で生きるすべがなかったこと、理解者の不在。また、少年院でも、刑務所でも、そこにいる人々が更生できるプログラムにはなっていないことも大きな問題でした。

自分は社会に何をして欲しかったのか、それを自分でやることにしたのです。

犯罪者の更生支援

「ほんにかえるプロジェクト」を立上げたのは２０１５年9月のことです。本の寄付を募って数千冊の蔵書を集め、そのリストを全国の受刑者に送って希望の本を差し入れするという活動を行うボランティア団体です。

名前の由来は、刑務所の土木作業でセメントが余ると刑務官に「好きにしていい」と言われることがあるのですが、なぜかカエルをつくる受刑者が多いのです。皆どこかに帰りたいのかなと思ったことが印象に残っており、それに因みました。

多くの受刑者は社会で孤立し、塀の中でも孤立したままであることが多いです。そうした状態では更生したいという心情は生まれづらいものです。だからこそ、面会や手紙のやり取りで社会とつながっているという実感を持つことが何よりも大切になります。私の団体では本を送ることで、その人を思っている人間がいることを伝えるのを目的にしています。

受刑者と交流するうえで必要なことは相手を理解することです。

例えば、刑務所にいる人は実のところ真面目になりたいと考える者が多数派です。しかしどうしたら真面目になれるのかは分かっていません。

また、社会から見れば彼らは加害者ですが、本人からすれば自分も被害者であると考えているケースが多々あります。もちろん遺族や殺された人に対する道義的な問題はありますが、加害者の方にもつらい側面があるのです。やりたくてやった人間は少なく、しかしその本音を社会に向けて発信できる仕組みがありません。

私が「社会のせいで悪くなったんだから犯罪していいんだ」などと短絡的なことを大声で言えば、全然反省していないと周囲から思われるはずです。しかし事実として、自分も犯罪者になった根本的な原因は日本に来てからのいじめであるという思いは、服役を終えても消えていません。犯罪を犯す者は多かれ少なかれ、そう考える部分があると思います。そうした心情の理解者がいることを彼らに伝えることが大事なのです。

本を送ると手紙をもらうことがあります。必ず返事を書きます。面倒ですが、絶対に手書きにするようにしています。その手間こそが大事だと思うのです。そうやって交流を続けると、やがて受刑者の書く内容が少しずつ変わっていきます。

最初は「更生したい」「真面目になりたい」といったことをみんな書きます。でも、1〜2年経って心をこちらに開いてくれるようになると、手紙の文面にはむしろ迷いが出始めます。

「更生したいと最初に言ったけど、どうだろう、自分は更生したいのかな、できるのかな」というようなことを書いてきます。迷うのは当然で、それは本音ですから、本音を言ってくれるだけ距離が縮まったということです。だから迷いはむしろ前進なのだと思っています。

この活動で私が心がけていることは、更生しろとは言わないことです。更生しろと言われ続けて更生できなかった人たちだから刑務所にいるのです。そもそも、親兄弟に言われて聞かないのに、顔も見たことのないボランティア団体から更生しろと言われても聞くわけがありません。その代わり、「自分がどう生きるか、どういう人間になりたかったのか、もう一回思い出して、考える時間はいっぱいあるから頑張ってくださいよ」といったことを伝えます。

このプロジェクトで交流した受刑者の中にも、出所した後にまた罪を犯して刑務所に戻る人はいます。悲しいことですが、若い頃の自分もそうしていたかもしれないと思うと許すほかないというのが私の意見です。

犯罪における加害者は、加害者になるべく生を受けたわけではありません。人生を歩む中でどこかで何かが狂って加害者になってしまった。その何かを繰り返さない社会をつくることに少しでも役に立てたらと思いながらこの活動をやっています。

いまは素晴らしいスタッフに囲まれています。

私がボスということになりますが、スタッフは「更生させるべき対象第一号は汪さんだね」と言って笑います。スタッフの多くは元受刑者や障害者、ホームレスです。そうした社会的に立場の弱い者が社会参加をする場所をつくるのも団体の目的の1つだったためです。

スタッフは全部で30人以上はいますが、運営は正直なところ、赤字です。年間100万円くらいの赤字がでます。

それでも皆で知恵を出して乗り越えています。とくにスタッフの節約術には舌を巻きます。

本のリストをつくり、全国の刑務所に発送する作業を管理するにはパソコンが不可欠ですが、これまで1台も購入したことはありません。壊れたパソコンをもってきて、直してしまうのです。プリンター用紙も学校などで廃棄された黄ばんだ紙をもらってくるなどして節約します。それに多くの人が寄付をしてくれるのにも助けられています。

楽ではありませんが、こうして多くの人々と活動を続けていると、受刑者のためであることはもちろん、自分自身の更生、自分自身の人生のためにやっているのだと強く思うのです。

怒羅権をどのように変化させるべきか

刑務所から出た後も、私は怒羅権の仲間と交流があります。その時点で私を半グレという人もいます。しかし、それは違います。私は犯罪をしません。家族と連絡をとるように仲間と連絡をとっているだけです。

現在、怒羅権のリーダーたちと話をしているのは、どのようにして怒羅権を変化させていくかということです。

私が出所してしばらく経った頃、怒羅権の中で汪を組織に戻すという話が出ました。しかし、私は組織には戻らず、世間に向けて怒羅権や私自身がどのような経験をしてきたのかを代弁していきたいと訴えました。反対はありましたが、その意見が認められ、私は一般人として代弁者の役割を担うことになりました。

代弁者の役割とは、怒羅権が誕生した経緯や初期メンバーの思いを世の中に周知していくことです。日本人のいじめに抵抗するための自助グループだった怒羅権が犯罪集団へと変質してしまったことは、私以外の幹部たちもやはり不本意なのです。結果として近年、私は怒羅権の初期メンバーという肩書きでテレビや雑誌の取材を受けることが多くなりました。

これは怒羅権の歴史の中で稀有なことです。というのは、怒羅権はある時期から徹底してメディア取材に応じることを禁止していたからです。

80年代から90年代にかけて、ある程度の規模までの暴走族にとって、メディアに取り上げられることはメリットでした。グループの知名度があがり、ハクがつきます。しかし、怒羅権ほどの規模になると、もはやそのような方法で名前を売る必要はありませんし、リスクが高まります。

というのは、警察は自分たちで撮影する以外にも、マスコミの写真を集め、誰と誰がつながっているか、といったように壁一面に写真を貼って、相関図を作っているのです。組織を守る上では命令系統を秘匿するのがもっとも重要なので、メディアの取材を受けるなどありえないことだったのです。

なぜ私が代弁者として選ばれたかといえば、主に理由は2つ挙げられます。

1つは浦安事件があったとき、怒羅権関係者が取材を受けたのですが、私もインタビューに答えた1人です。私は人前で話すことが得意で、みなが思っていることをわかりやすく伝えることができます。現在でも一部の怒羅権メンバーは取材を受けることに批判的ですが、多くの者が汪は自分たちの言いたいことを代弁してくれると思ってくれているので、こうして公の場で言葉を発することができるのです。

もう1つは、私の怒羅権内での立ち位置です。

怒羅権のシノギは人によってさまざまですが、メンバー同士が手を組んで何かをすることが多かったように思います。メンバー同士でシノギをやっていると、どうしても利害関係が生じることがあります。ときにはそれが自由な言動を制限することにも繋がります。

しかし私は怒羅権とは無関係の人間を使って独立したシノギをしていたので、そうした利害関係から無縁でいられたのです。これは幸運なことでした。先述の通り、怒羅権の仲間同士でシノギをするケースは多かったのですが、バブルが崩壊して景気の悪化が始まると金銭面でのしがらみで人間関係のトラブルが起こるようになったからです。

私がそうしたシノギの方法を厳守したのは、ヤクザの時代に組長から受けた教訓があったからだと思います。

この世界で生きていくには、支出の見せ方が肝心なのだと教えられていました。ひらたくいうと、たくさんお金を持っていることを見せるのではなく、たくさんお金を使っていることを見せることが重要なのです。これはもちろん自分の経済力の誇示になりますが、同時に「これだけお金を使っていればそこまでお金が残っていない」と示す役割もあります。

無駄にお金をもっていることを周囲にひけらかす行為は、調和を乱す行為です。そもそも前提として、銀行強盗のような犯罪をするよりも、金をもっている犯罪者をさらったほうが手間もかかりませんし、安全です。身を守るため、調和を守るためにも、シノギは秘匿するのが鉄則なのです。

さらに、私が2000年に逮捕され13年間も外界と隔絶されていたのも大きかったと思います。この13年間は、犯罪界でも不況が本格化して、同じ組織内でも関係が悪化した時期でした。つまり、この時期に刑務所にいたことでそうしたしがらみと無縁でいられたのです。だから古参メンバーの中でも特に私は怒羅権をファミリーとして捉える、ある意味で原理主義的な考え方が強いのだと思います。そして、そうした考え方をしているからこそ、怒羅権の他のメンバーを代弁する役割を任されることにつながったのだと思います。

いじめに対抗するために生まれた怒羅権ですが、今振り返れば私たちには選択肢が少なすぎたのです。あの頃は暴力でしか物事を解決できませんでした。しかし、成長した現在ならば自明なことですが、別の方法もあったはずです。

それと同じように、現在犯罪集団として認知されている怒羅権ですが、犯罪をせずとも若いメンバーたちが生きていける仕組みはどのようにつくればいいのか。この問題を次の世代に持ち越さないために何をすればいいのか。それを考えていくのが私たち古参メンバーの責任なのだと思います。

日本への怒りは今

私の多くの非行の元となっていた怒りの感情は、今はもうありません。

突然異国で暮らすことを強いられ、味方がいなかったからこそ理解されたいと渇望し、私は人の役に立ちたいと願いました。それが〝期待に応えねば〟という強迫観念を生み、私は求められれば不得意な喧嘩にも参加し非行に走ったのです。

その多くは犯罪と呼ばれるものであっても、私にとっては自分と誰かをつなぐ媒体でした。それは無くてはならないと信じていました。だからこそ何でもやったのです。また、私は敵を人間とは思っていませんでしたし、盗みを働いてもその後ろに被害をこうむる大勢の人がいるということを意識することも理解することもできなかったのです。

モノはそこに存在し、私はそこに行き、手にする。これだけのことであり、犯罪者だと指をさされても、私の周りの者がそのモノを欲し、それを手にすることで空腹を満たし、雨風をしのぎ、喜び合えるのだから「私がやらずに誰がやる」とさえ思い、進んで実行してきました。

しかし、13年間の服役を通じ、多くの人々と言葉を交わす中で、私の痛みを知ってもらい、理解を得ることで、私自身も他人の痛みを知るようになりました。自分が欲していたモノの後ろに、自分と同じ人間が存在することを知るようになったのです。

私の人生はこの国で狂ったことは事実で、それゆえか、私はこの国でやり直したいと切に願っています。誤解してほしくないのは、ここでこの国・この社会の責任を問うという発想ではないということです。転んだところで起き上がりたい、ただそれだけなのです。

イバラの道を歩んだゆえに見えた風景を忘れることができない自分には、今も苦しんでいる人の苦しさがより親身に感じることができると信じ、それを伝えることができると信じています。この人種や性別、言葉を越えて他人の苦しみを感じ、表現できるという自負が今の自分の誇りとさえなっています。この国を私は信じ、活かせるチャンスを願っています。

どうか私に力をください。

おわりに

2019年9月、フジテレビ系の『ザ・ノンフィクション』という番組で私が取り上げられました。番組では、私の半生や怒羅権結成時のこと、現在行っている更生支援の活動が描かれ、SNSなどを通じて多くの方から反響が寄せられました。

そのなかに、とくに胸に残ったメッセージがあります。送ってくれたのは知らない女性でした。

そのメッセージの一部を、ここに引用します。

「ドラゴンを作った方だとテレビでは紹介されていましたが、今は関係されていないようですね。私はワンさんの作ったドラゴンのせいで14年前位にとても嫌な出来事がありました。

当時江戸川区の葛西の飲み屋で働いていたのですが、よくそこにドラゴンの輩(やから)たちが飲みに来ていました。私はその中の1人に指名されていたのですが、ある日ドラゴンの奴らにレイプされました。それを店の店長に言ったら、『マジで!? 許せない! でもドラゴンだから大事(おおごと)にしない方がいい』と言われました。

そう言われて、泣き寝入りすることしか出来ませんでした。

ワンさんは現在は更生されて真面目にやられているのかもしれません。

ただ、過去に後先のことを考えずそういった組織を作ってそのまま『自分は抜けました。関係ないですよ』ではダメだということをわかってほしいです。

その後に作ってしまった組織を解体して、『俺たちはドラゴンだよ？』と看板を背負ってでかい顔で周りの人たちを傷つける行為をする輩たちを根絶させてこそ、貴方の償いの一部になると思いました。

簡単ではない事もわかります。

でも14年程経った今でも、された側の人間はPTSDで苦しめられている事を忘れないでください。

ワンさんにされた訳ではないですが、ワンさんの作ったドラゴンの奴らにされた事です」

この女性のいうことに心から同意します。

過去にやったことは消えません。件の怒羅権のメンバーが彼女を襲ったとき、私は服役しており、そのメンバーのこともわかりません。しかし、道義上の責任はずっとついてまわります。私はそれと向き合わなければなりません。

乱暴され、怒羅権という存在に大きなトラウマを負った彼女が、私にメッセージを送るのはとても怖いことだったと思います。私にできたのは、その強さに敬意を抱きながら、精一杯のお詫びの言葉を返信することだけでした。そして、怒羅権が彼女にしたことが許されるとは決して思っていないこと、この罪を一生忘れずに生きていくつもりであることを伝えました。

本の中でも述べたことですが、やはり私は「反省」という言葉を簡単に使うことができません。それは行動で示すしかなく、ゴールがあるようなものでもありません。犯罪者の更生支援の活動を続け、対話を繰り返し、少しでも犯罪の犠牲になる人々、そして犯罪に手を染めてしまう人々が少なくなるように努力をするしかないと考えています。

この女性は、そんな私の決心を「信じる」と言ってくれました。そして「応援する」とも。彼女は現在多くのお子さんに恵まれているとのことですが、私が子どもの頃に受けた差別に同情してくれて、すべての子どもたちがそうした理不尽に苛まれることのない世界になることを願うと、そう言葉をかけてくれました。

私自身、子どもがいてもおかしくない年齢になり、考えるのは父のことです。

父は現在、中国で暮らしています。私が刑務所に入った後、日本人の継母と離婚し、中国に戻りました。もう80代後半で、まもなく人生を終えようとしています。意外なことは、私の実母も存命で、現在は中国の老人ホームに入っているのですが、２人は時々面会し、仲良くしているということです。

現在でも、私には父を恨む気持ちがあります。日本に連れて来られなければ罪を犯すことはなかったと思います。日本に来ざるをえなかったとしても、もっと父が家庭をかえりみていたら、違った結果になっていたのではないかと思います。ここで考えなければならないのは、私は父を許すことができるのか、ということです。

いま父と改めて言葉を交わすと、当時の彼の気持ちを理解できる部分もあります。また、私の記憶や認識が、実際の出来事とは異なっていることもありました。

例えば、日本に来る以前、父が文化大革命の動乱で投獄されたと私は書きました。しかし父によると、それは投獄ではなかったのだといいます。当時はさまざまな集団が勢力争いをしており、ある一団が父をテクノクラート（高度な技術や知識をもつ専門家）として保護・

隔離したのだそうです。情報が錯綜していたうえ、私は幼く、状況を理解できていなかったために、投獄されたのだとずっと思い込んでいました。

日本に来てから家庭をかえりみなかったのも、彼からすれば理由があるそうです。私や姉が将来不自由しないよう、働けるうちに精一杯働いてお金を貯めていたのだといいます。

しかしどのような事情があったにせよ、私が少年時代に体験した不条理は変わりません。罪を犯し、多くの人を傷つけたという過去を変えることもできません。

父は、罪滅ぼしをしたいのだと思います。事実、私が刑務所から出たのち、父が自分の財産を相続して欲しいと言ってきたことがあります。私はその申し出を断りました。父の気持ちはわかります。あの頃に親としての役割を果たせなかったことについて、いま財産を譲渡することで、許されたいと願っているのです。

でも、私は財産を受け取ることはできません。もし受け取ってしまったら、お金で罪がすがれるという考え方を肯定することになるからです。

父はいま、どうにかしてお金を私と姉に渡そうと必死になっているようです。私の実母とたびたび面会をしているのも、再婚して自分の財産を共有資産にすれば、彼女伝いに私と姉にお金を渡せるという期待があるのです。

それは、最後に自分の罪を清算して、きれいな状態で人生を完結させたい、という願望なのでしょう。

周囲の人々からは「お父さんにとって最後のチャンスなのだから許してあげなさい」「財産を受け取ることが救いになる」と言われます。「このまま彼が亡くなったら、墓の前に立っても何も生まれない」と言われたこともありました。

しかし、先述のメッセージをくれた女性に誓ったように、私にとって、罪というものは清算できるものではないのです。

改めて、この問いに立ち返ります。

私は父を許すことができるのか。

これは、この先、私が許されることがあるのか、という問いに繋がります。

その答えが出ることはあるのか。私が確信をもって言えるのは、私はこの問いを繰り返しながら、自分ができる精一杯のことを、最後までやり続けるしかないということです。

2020年12月　汪楠

著者略歴

汪楠（ワン・ナン）

1972年中国吉林省長春市生まれ。

エリート家系に生まれるも文化大革命の影響を受け、少年時代に犯罪集団の襲撃を受けるなどして育つ。14歳の誕生日に日本に渡り、以後、日本での生活を送ることになる。通学する葛西中学校には多くの中国残留孤児2世がいたが、どの家庭も貧困や差別に苦しんでおり、いじめに遭う者も多かった。残留孤児2世に対する激しいいじめに抵抗するために、自然発生的に集団化していったのが怒羅権だった。汪楠は創設期の怒羅権のメンバーである。

後に、暴力団に属し、さまざまな犯罪行為を行うが、2000年に詐欺罪などによって逮捕。13年の実刑判決を受け、岐阜刑務所で服役生活を送る。

2014年に出所。犯罪の世界には戻らないことを心に決めて、2015年には全国の受刑者に希望の本を差し入れする「ほんにかえるプロジェクト」を立ち上げる。現在も自分が犯した罪や怒羅権と社会の在り方などに向き合いながら活動を続けている。

怒羅権（ドラゴン）と私
創設期メンバーの怒りと悲しみの半生

2021年2月22日第一刷
2021年3月1日第四刷

著　者　　汪楠

発行人　　山田有司

発行所　　株式会社　彩図社
　　　　　東京都豊島区南大塚3-24-4
　　　　　MTビル　〒170-0005
　　　　　TEL：03-5985-8213　FAX：03-5985-8224

印刷所　　シナノ印刷株式会社

URL：https://www.saiz.co.jp
　　　https://twitter.com/saiz_sha

ISBN978-4-8013-0437-6 C0095